PAUL FÉVAL FILS

LES CINQ

Tome Septième

20 Centimes

Collection A.-L. GUYOT
6 et 8, rue Duguay-Trouin
PARIS

Algérie, Colonies et Étranger : 25 Cent.

40

LES CINQ

PAUL FÉVAL FILS

LES CINQ

TOME SEPTIÈME

PARIS
Collection A.-L. GUYOT
6 et 8, rue Duguay-Trouin, 6 et 8

LES CINQ

DEUXIÈME PARTIE

(Suite)

Princesse Charlotte

(Suite)

XL

M. MORFIL

Au Café du Commerce, place des Trois-Marie, dans le coin à gauche, vis-à-vis du comptoir, il y avait un petit homme tout propre, entouré de journaux et dévorant le premier Paris du *Constitutionnel* devant une demi-tasse vide.

Ce petit homme avait une figure rose, grosse comme un brugnon, mais coiffée d'énormes cheveux blancs hérissés, dans la forme de ces brosses rondes, emmanchées de long, que les ménagères appellent des têtes-de-loup et qui servent à la chasse des toiles d'araignée.

Ses cheveux blancs, éclatants comme un pla d'œufs à la neige, donnaient à ce petit homme une apparence tout à fait respectable.

Il faisait plaisir à voir.

Et le rédacteur du *Constitutionnel* eût été bien fier s'il avait pu surprendre un petit homme si propre et si joli dégustant sa prose éloquente avec une pareille volupté.

Nous vous l'avons présenté bien tard, ce petit homme, mais c'est qu'il ne vient guère qu'à la fin...

— Bonsoir, Monsieur Morfil, dit auprès de lui une voix qui le fit sauter de sa banquette.

Il se tourna vivement et vit à ses côtés un monsieur barbu qui lui souriait d'un air aimable.

— Ce doit être une méprise, dit-il poliment, je n'ai pas l'avantage...

Mais au lieu d'achever, il lâcha le *Constitutionnel* et s'écria :

— Tiens, Chanut ! pourquoi diable cette mascarade ?

— Parce que je suis mort, répondit Chanut, et même bien douloureusement : grillé dans un incendie.

— Pas possible ! Prenez-vous quelque chose ?

— Volontiers. Un peu de viande froide. Je n'ai rien mis sous ma dent depuis mon décès.

M. Morfil le regarda entre les deux yeux.

— Est-ce que c'est une affaire ? murmura-t-il.

— Ah ! mais oui, repartit Chanut : une belle ! Et qui dure depuis longtemps ! Vous étiez un rude galantin à cette époque-là, monsieur Morfil, et votre chef disait : « Sans l'autre sexe, Léon jouirait d'un bien bel avenir ! »

Ce nom de Léon avait dû bien aller à M. Morfil, autrefois.

— Pauvre M. Mallard ! fit-il avec le sourire de don Juan retraité ; il était de la vieille école. Et Mme Léon Morfil allait faire des cancans sur moi dans son cabinet !

Le garçon vint mettre un quart de poulet devant M. Chanut qui l'attaqua aussitôt résolûment.

M. Morfil continua :

— M. Mallard n'est plus ; Aglaé a cessé de vivre et d'être jalouse, et vous voyez que les dames ne m'ont pas empêché de faire mon chemin...

— Au contraire ! interrompit Chanut la bouche pleine. Vous voilà chef à votre tour. Vous souvenez-vous de la somnambule qui travaillait avec le docteur italien ?...

— Laura-Maria ? Parbleu ! Et le docteur s'appelait Strozzi ! Quelle belle coquine !... Mais voyons votre affaire.

— Nous y sommes, à mon affaire. Je parie que vous n'avez pas oublié non plus l'histoire de l'hôtel Paléologue, rue Pavée-au-Marais ?

L'œil de M. Morfil devint terne et son front se plissa. Il reprenait sa garde en vrai maître d'armes qu'il était.

— Attendez donc ! fit-il. Vous êtes un garçon sérieux, vous, Vincent, et on ne craint pas de perdr son temps avec vous. Ça m'a agacé quand vou avez quitté l'administration. Je me souviens très bier de la rue Pavée. Ma mémoire, Dieu merci, ne bronche pas encore. 1847, hé ? Fin mai. Sampierre-Paléologue... Est-ce que Laura-Maria n'avait pas essayé de faire un peu *chanter* ces gens-là ?

Chanut cligna de l'œil affirmativement, puis il poussa un soupir d'admiration en disant :

— Moi, j'ai besoin de mes petits papiers, mais vous, rien dans les mains, rien dans les poches... Voilà ce que j'appelle une organisation !

— Bien, bien ! fit M. Morfil modestement. Il vaut mieux être au-dessus de sa place qu'au-dessous, pas vrai ? Disparition d'enfant. Meurtre probable. Vous aviez rédigé un joli rapport, Vincent. L'affaire fut glissée au panier par ordre supérieur... Ah ! si on les suivait toutes, les affaires qui sont glissées au panier par ordre supérieur ! Quel bouquet !... Après ?

— Voilà, répondit Chanut, c'est dans la maison de Laura-Maria que j'ai failli être roussi tout à l'heure.

— Comment ! s'écria l'ancien Léon elle roule encore cette farceuse-là ! Une ruine ?

— Je crois qu'elle est un peu plus belle qu'autrefois.

— Pas possible ! un pot de confitures, alors ?

— Vous la verrez. C'est nécessaire.

— Quand cela ?

— Cette nuit.

— Ah ! mon pauvre garçon, fit M. Morfil, il y a beau temps que je ne veille plus !

— Vous veillerez pour une fois, répartit Chanut en repoussant son assiette. N'est-ce pas ce gros malin de père Preux qui vous tient au courant pour les Cinq ?

M. Morfil dessina un geste plein de dignité :

— Mon cabinet, dit-il, est le tombeau des secrets.

— Les Cinq seront là, continua Chanut. Il y a parmi eux un oiseau rare qui vous exhibera, quand vous voudrez l'arrêter, une carte d'agent *détective* du bureau de Scotland-Yard, de Londres, visée pour mission à Paris par l'ambassade anglaise. Je ne viens pas vous demander des renseignements, vous sentez bien : je viens vous en fournir. L'oiseau s'appelle Donat, dit Mylord, dit Torticolis.

M. Morfil atteignit précipitamment son calepin.

— Le nom y est ? reprit Chanut en souriant. C'est déjà quelque chose. Il a tué son père à l'âge de quatorze ans. Il tuera sa mère. Ecole anglaise du *Workout*, toute vapeur ! C'est lui qui a mis le feu chez Laura-Maria, qui a nom maintenant Mme la baronne Laure de Vaudré, très légalement.

M. Morfil tourna la feuille de son calepin et dit :

— Ah ! diable !

— Le nom y est encore ! poursuivit Vincent ! Ah ! on ne vous prend jamais sans vert, patron ! Je ne vous parle même pas de Mœris et de Moffray, qui appartiennent à votre clientèle. La chose curieuse c'est que vous allez rajeunir de vingt ans et voir cette nuit le dénouement de la comédie qui joua sa première scène en 1847, quand vos beaux cheveux blancs étaient si noirs. M. le comte Pernola a mis la dernière main à sa besogne...

— Et comment diable ce capitaine Blunt ne s'est-il pas mis en rapport avec l'administration ? demanda M. Morfil. C'est étonnant !

Chanut remit en botte ses petits papiers et ne répondit pas.

— Défaut de confiance ? insista le joli petit vieux chef qui avait repris toute son importance. On a comme cela des préjugés contre tout ce qui est officiel !

Cette fois, Chanut repartit poliment :

— Capitaine Blunt est un sauvage. Il ne connaît pas bien l'excellence de votre organisation.

— Mon brave garçon, dit M. Morfil en lui tendant la main noblement, personne mieux que moi n'apprécie vos remarquables qualités, mais vous nous avez quittés mécontent, autrefois. Je ne vous blâme pas, notez bien. Je constate seulement qu'il y a en vous un grain d'opposition. Je vous connais, vous êtes tous les mêmes : volontiers vous croiriez que vous m'avez appris quelque chose. Perdez cette illusion, mon cher ; la majeure partie de ce que vous m'avez dit était là...

Il tapa sur son carnet et acheva :

— Le reste est dans mon cabinet : je savais tout.

— C'est quelqu'un pour M. Morfil, dit en ce moment la dame du comptoir ; un militaire.

Nos deux compagnons étaient tellement absorbés

par leur entretien que ni l'un ni l'autre n'avait remarqué l'entrée de Jabain.

Ils levèrent la tête en même temps, et M. Morfil jeta à Vincent un regard embarrassé.

— Ne vous gênez pas, dit ce dernier : vous pouvez donner audience au bon sujet de papa Preux.

Jabain s'approcha sur un signe de M. Morfil qui demanda :

— Vous avez un mot d'écrit ?

— J'aurais préféré la chose, répondit Jabain en glissant une œillade soupçonneuse du côté de Vincent, mais le patron ne m'en ayant pas communiqué, je ne peux pas vous la remettre en mains propres.

Vincent se leva et s'en alla discrètement jusque sur le pas de la porte.

— Et vite ! fit M. Morfil. Parle !

Jabain se recueillit, puis il dit :

— Voici le textuel de la chose : que ça en vaut la peine et que le patron ne peut vous la couler qu'entre quatre-z-yeux, dans le tuyau de l'oreille, chez lui, n'étant pas portatif à ces heures-ci.

— Il faudrait aller cité Donon, ce soir ?

— Incontinent, oui, c'est son idée.

Quand M. Chanut revint prendre sa place, après le départ de Jabain, la main de M. Morfil tourmentait avec fièvre ses cheveux blancs hérissés.

— Que faire ?.., murmura-t-il : mais vous ne savez pas de quoi il s'agit, ami Vincent...

— Si fait, interrompit Chanut. Le Poussah est aussi embarrassé que vous, et il veut se garder à carreau.

C'est un coquin très fort et qui joue de l'administration à merveille. A votre place, moi, j'irais.

— Seul ?

— Ah ! mais non !

M. Morfil devint plus soucieux.

— Laisser mes hommes rue de Babylone, murmura-t-il, c'est chanceux...

— Et maladroit, ajouta Vincent.

— Je défie bien, poursuivit M. Morfil, de les faire entrer cité Donon sans que le père Preux les évente.

M. Chanut sortit de sa poche une demi-douzaine de larges cartes lithographiées.

— Prenez six habits noirs et six cravates blanches, dit-il, des danseurs, s'il y en a dans votre personnel. Avec ces cartes d'invitation, ils entreront à l'hôtel de Sampierre par la grande porte. Ils n'auront qu'à traverser les jardins. Le saut de loup est sous la fenêtre du Poussah. Ils verront tout le spectacle à vingt francs la stalle !

XLI

TOILETTE DE LA MARQUISE

M. Morfil accepta les six cartes d'invitation pour la fête de l'hôtel de Sampierre, mais il dit avec rancune :

— Vincent, votre administration est mieux montée que la nôtre, parole d'honneur !

— Ne soyez pas jaloux, répliqua Chanut : Mme la marquise tient la maison du bon Dieu. Il lui faut du monde, et un peu plus on trouverait ses cartes chez les coiffeurs avec les billets de théâtre à demi-prix.

Il se leva.

— Serez-vous là, cette nuit ? demanda Morfil.

— Ah ? je crois bien ! répliqua Vincent ; je suis indispensable ; on se passerait plutôt des violons !

Vers neuf heures et demie du soir, Mme la baronne Laure de Vaudré rentra chez elle. Vingt minutes après elle montait en voiture pour se rendre à l'hôtel de Sampierre. La marquise Domenica en était encore à choisir sa robe que déjà M. le comte Pernola, reprenant son service, donnait le coup d'œil du majordome aux salons pleins de lumière.

Toute la valetaille était sous les armes, dînant d'avance sur les provisions destinées au buffet, et regardant en pitié les gagistes qui allaient faire le service pour de bon.

Car, règle générale, on embauchait toujours des auxiliaires chez la marquise chaque fois qu'il y avait à faire quoi que ce fût. Les dignitaires en titre d'office n'étaient pas là pour mettre la main à la pâte et le magnifique concierge Szegelyi, qui goûtait un panier de champagne en compagnie du sous-secrétaire de cuisine, résumait assez bien la situation générale en disant :

— J'ai exigé trois surnuméraires pour ma porte. Il faut bien que mes deux clercs s'amusent : c'est de leur âge.

Aucun invité n'avait encore paru, pas même les familles de province. L'antichambre paradait et daignait à peine accorder un regard aux splendeurs un peu banale des salons.

On causait avec une animation inaccoutumée, on parlait de l'arrivée du marquis Giammaria qui était entré si théâtralement, et qui, depuis lors, s'entourait de mystère ; on parlait surtout des cinq illustres visites reçues par Mme la marquise dans l'après-midi : Ghika, Courtenay, Commène, Lusignan, Rohan, tous gens qui n'étaient point revenus à Paris depuis l'époque du mariage de Domenica Paléologue avec Giammaria de Sampierre.

Ceux-là étaient de vrais grands seigneurs, arrivant des pays orientaux où les grands seigneurs ont de grandes seigneuries !

Et le Pernola n'avait point été appelé au conseil de famille ! Et personne n'avait vu princesse Charlotte depuis le matin !

Aussi, tout le monde avait à la bouche le mot édité par Mlle Coralie au déjeuner, le mot de la situation : *Grabuge !*

Car les morts ne ressuscitent pas, c'est certain, mais les deux clercs de M. Szegelyi avaient vu, c'était certain aussi : l'un ici, l'autre là, et tous deux de leurs yeux, feu le jeune comte Roland de Sampierre...

Dix heures sonnant, Mme la baronne de Vaudré se fit annoncer à la marquise, qui était en plein à sa toilette ; Laure fut introduite néanmoins sur-le-champ.

Domenica, rouge comme un gros coquelicot, était en proie à une agitation extraordinaire. Pour la première fois de sa vie, elle avait le courage de gronder ses femmes de chambre, qui n'en pouvaient mais.

Elle voulait être habillée, mais elle ne voulait pas rester en place.

— Ah ! chérie ! chérie ! s'écria-t-elle à la vue de Laure, venez m'embrasser ! Comme vous arrivez tard ! C'est à peine si nous aurons le temps de causer un petit moment, car je ne sais pas où est Charlotte et je vais être obligée de descendre au salon pour recevoir mon monde. Et puis, je ne peux pas vous parler devant ces demoiselles qui n'en finissent pas, ma chère. Ce que j'ai à vous dire est si important ! Mon Dieu ! qu'un pareil secret est lourd à porter !

Laure se laissa embrasser, mais elle dit tout bas :

— Soyez prudente !

Comment exprimer cela ? Cette belle Laure était admirablement calme, et pourtant le repos de ses traits, la sérénité de son regard éveillaient je ne sais quelle vague impression de martyre.

Jamais elle n'avait été plus charmante, mais quelque chose effrayait et *avertissait*, à travers l'éclat de sa souveraine beauté.

Elle avait mis un peu de rouge : chose que personne n'avait jamais pu lui reprocher.

Et on eût dit que ce fard la faisait plus pâle.

Elle était bien pâle, en effet, mais l'erreur était en ceci que, sans son fard, elle eût paru livide.

Comme toujours, elle portait une toilette merveilleusement élégante et simple.

— Ah ! chérie, répondit Domenica, de la prudence ! à qui le dites-vous ? Vous savez si mon habitude est de me comporter légèrement ! jamais je ne laisse voir de ce qui est en moi... Mais comment faites-vous pour trouver des mises si adorables ? Je crois que le choix de la toilette ne fait rien avec vous. C'est vous-même qui allez bien à vos robes.... Mon Dieu ! mesdemoiselles, vous me faites mourir avec votre lenteur !

— Si madame la marquise voulait bien ne pas tant remuer... commença une des chambrières.

— Je ne fais pas un mouvement, voyez Laure ! Et voilà plus d'une heure que cela dure ! Il n'y a que Coralie... où est Coralie ?

— Madame la marquise vient de l'envoyer chez princesse Charlotte.

— C'est vrai ! s'écria Domenica. Vous figurez-vous, cela, baronne ? Mlle d'Aleix ne m'a pas donné signe de vie aujourd'hui. J'ai tout fait toute seule. Nos parents et amis du conseil de famille l'ont demandée plusieurs fois, impossible de la trouver. Vous comprenez pourtant bien que, si nous devons donner suite à ce projet de la marier avec Domenico...

Elle se mordit la langue jusqu'au sang et regarda ses deux caméristes d'un air penaud.

Celles-ci baissaient les yeux sournoisement.

— Mesdemoiselles ! s'écria la marquise avec la colère d'un enfant qui vient de se brûler les doigts par désobéissance, vous êtes d'une maladresse insupportable ! Je suis coiffée en dépit du bon sens. Mes diamants ne paraissent pas ; mes garnitures sont écrasées. Je suis absolument mécontente de vous. Comment s'y prennent donc celles qui sont bien servies ?...

— Princesse n'est pas encore rentrée, dit en ce moment Mlle Coralie qui poussa la porte.

— Chérie, dit Domenica en s'adressant à Laure, vous conviendrez que c'est inouï ! Je sais bien que Charlotte, la pauvre enfant se charge de bonnes œuvres à tout casser, mais... écoutez que je vous dise !

Elle se pencha brusquement. Il y avait quatre mains occupées à travailler dans sa coiffure qui fut bouleversée du coup de fond en comble.

— Et le comte Pernola qui rôde autour de moi comme un loup ! ajouta-t-elle à l'oreille de Laure. Vous comprenez bien que je ne lui ai pas soufflé un traître mot ! Et mon mari qui est sorti de sa maison de santé pour tomber sur moi : un plomb de plus ! ah ! ma petite si je n'étais pas la femme d'un fou ! si je pouvais lui dire... le pauvre homme, voilà trois ou quatre fois qu'il me fait demander de le recevoir ! Il est toujours si respectueux et si convenable avec moi... voyons, mesdemoiselles ! Est-ce pour aujourd'hui ou pour demain ?

Ce qu'elle avait sur elle et autour d'elle en étoffes, dentelles et bijoux aurait donné à manger à tout un quartier de Paris pendant huit jours. Elle ruisselait littéralement de diamants...

— Ma chère, reprit-elle, je veux que son premier regard me voie comme un soleil ! Vous savez bien de qui je parle : c'est pour lui tout cela ! Je me trouve épouvantable en songeant à lui... tenez ! j'ai tort de parler ! je ne dirai plus un seul mot ! Mon Dieu ! l'heure approche pourtant ! si j'allais mourir avant de l'avoir embrassé !

Laure avait un doigt sur sa bouche. Mlle Coralie ricanait et pensait :

— Dire que cette grosse bêtasse a des millions et moi pas : Que le hasard est gauche !

On frappa à la porte. Une des jeunes filles alla ouvrir et revint, disant :

— Monsieur le marquis fait demander à madame la marquise...

— J'en deviendrai folle, moi aussi ! interrompit Domenica. Le pauvre M. de Sampierre, c'est la cinquième fois qu'il envoie ! que lui répondre ?

— Où est-il ? demanda Laure tout bas.

— Au pavillon.

— Faut-il lui dire que vous passerez au pavillon quand votre toilette sera achevée ?

Domenica frappa ses mains l'une contre l'autre.

— C'est cela ! s'écria-t-elle. C'était pourtant bien facile à trouver ! Répondez cela Mlle Coralie... Mais quand sera-t-elle finie, ma toilette ?

Pendant que Coralie allait à la porte où le valet Sismonde attendait. Laure dit, toujours à voix basse :

— Renvoyez-les toutes, je vais vous habiller.

— Vous chérie ! et me coiffer ?

— Et vous coiffer.

Domenica se leva comme un ouragan et se précipita vers la baronne qu'elle serra dans ses bras.

— Il n'y en a pas deux comme vous ! s'écria-t-elle. Mesdemoiselles, je n'ai plus besoin de vous. Allez-vous-en, mais ne me faites pas attendre si je sonne... et qu'on me prévienne quand Mlle d'Aleix rentrera. Allez ! mais allez-donc vite ! Montez encore chez la princesse, Coralie : je suis inquiète.

Dès que Mlle Coralie, formant l'arrière-garde des soubrettes étonnées, eut passé la porte, Domenica reprit impétueusement :

— J'ai accepté votre offre, chère belle, je ne sais si c'est convenable, mais voyez-vous, j'étouffais. C'est certain que j'en serais morte ! Quelle journée ! Ce n'est plus seulement une lettre miraculeuse que nous avons, c'est six lettres : toutes plus miraculeuses les unes que les autres ! Je les ai vues, ma chère ! La propre écriture du vicomte Jean, le pauvre cher garçon !

— Ah !... fit Laure.

— C'est inouï, n'est-ce pas ?... Mais vous avez les mains froides, amour ! Et maintenant que je vous regarde, je vous trouve changée... Souffrez-vous ?

— J'ai éprouvé une très grande fatigue, répondit Laure, après notre entrevue de ce matin...

— C'est vrai ! c'est vrai ! s'écria la marquise. Egoïste que je suis, j'avais oublié cela ! Une autre fois, je me méfierai de ma puissance. On pourrait faire un malheur. savez-vous ! Et si je vous avais tuée !...

— Parlez-moi des lettres, interrompit Laure. Si c'est Jean de Tréglave qui les a écrites, il serait donc vivant ?

— Mais non... Et, au fait, peut-être !... Alors il n'y aurait plus de miracle. La chose certaine, c'est qu'il ne dit pas dans ses lettres s'il est mort ou vivant... Je suis sotte, n'est-ce pas, chérie ? Mais ma pauvre tête éclate, et mon cœur aussi. Mon fils, je vais voir mon fils... Renflez un peu le nattes à gauche, bonne petite. J'aime à être coiffée sur l'oreille : ça me va bien.

Une voix de femme se fit entendre dans la chambre voisine.

— C'est Charlotte ! dit la marquise. Enfin !

Laure chancela et blémit affreusement.

Domenica fut obligée de la retenir à deux mains pour l'empêcher de tomber à la renverse.

XLII

DERNIÈRE CONSULTATION

Depuis dix minutes que la marquise avait congédié Mlle Coralie et ses compagnes, Laure avait avancé la besogne autant que ces demoiselles auraient pu le faire en une heure. Nous avons dit que Domenica n'était pas coquette, mais elle suivait pourtant avec un naïf plaisir les progrès de ce travail qui la refaisait belle.

Cette Laure était une fée.

Domenica eut peur pour Laure, quand celle-ci chancela, mais elle eut peur aussi pour sa coiffure.

— Qu'avez-vous donc chérie ? s'écria-t-elle.

Nous savons ce que Laure avait. Au bruit qui s'était fait dans la chambre voisine, la marquise avait dit : « C'est Charlotte ! »

Les yeux de Laure se détournèrent de la porte comme si elle eût craint d'y voir paraître un fantôme.

Mais ce n'était que Mlle Coralie, qui venait annoncer l'entrée au salon des premiers invités.

Princesse Carlotta n'était pas encote rentrée.

Laure dit, en retrouvant son sourire :

— Chère marquise, ce soir, ne me demandez plus ce que j'ai. Je suis encore toute ébranlée, et j'ai peur d'apporter de la tristesse dans votre fête.

— Pauvre belle ! fit Domenica. Vous ne me quitterez pas, pourtant. Il manquerait quelque chose à mon bonheur si je ne vous avais pas près de moi pour être témoin de ma joie, comme vous avez vu mes larmes.

Laure s'empara de nouveau de ses cheveux et demanda :

— C'est donc pour cette nuit ?

Domenica la regarda tout étonnée.

— C'est vous qui demandez cela ? fit-elle.

Mais, se reprenant aussitôt, elle ajouta :

— J'oublie toujours que vous ne savez rien. C'est si drôle. On a beau être soi-même une des plus fortes magnétiseuses de Paris, on ne peut pas s'accoutumer à cela ! Dire que vous m'avez tout appris et que vous n'en savez pas le premier mot ! Moi, ça me passe !

— C'est pourtant ainsi, répliqua Laure. Je sais seulement ce que vous venez de me dire, et encore je ne le comprends pas bien.

— A qui la faute ? Ce matin, quand j'ai voulu vous mettre au fait, vous m'avez arrêtée par un sévère : « Je ne veux rien savoir ». Mais j'ai le don de résumer toute une longue histoire en peu de mots : je vais tout vous raconter en dix secondes !

Elle se lança aussitôt dans une verbeuse explication que Laure écouta très attentivement en apparence. De cette explication ressortit du moins ce fait principal, à savoir que les membres du conseil judiciaire du marquis Giammaria, vivant tous si loin de Paris et à de si grandes distances les uns des autres, avaient été convoqués selon une échelle de de dates qui devait les réunir au jour dit à l'hôtel de Sampierre.

Et les convocations mystérieuses faites au nom du vicomte Jean de Tréglave, avaient un caractère si solennel d'autorité, qu'aucun de ces personnages considérables, parvenus pour la plupart aux limites d'âge, n'avait osé désobéir à l'appel.

— Vous avais-je donc appris cela dans mon sommeil ? demanda Laure.

— Non, bonne chérie, mais vous m'aviez dit tout le reste.... Ils sont arrivés, tous, presque à la même heure. Et qu'aurais-je pu leur dire si je ne vous avais pas vue ce matin ? Vous êtes ma providence ! A chaque lettre miraculeuse qu'on me montrait, je répondais : « Cela ne m'étonne pas. Je suis au fait. Tout ce qu'on vous annonce est certain. » Et quand ils m'ont demandé à quand la grande séance pour la présentation de mon fils, j'ai dit sans hésiter : « Cette nuit. » Ai-je bien fait ?

— Oui, répondit Laure, si, dans mon sommeil, j'ai fixé la chose pour cette nuit.

— Positivement, vous l'avez fait.

Laure s'assit et croisa ses mains sur ses genoux.

Il y avait deux grosses minutes que Domenica s'était détournée de son miroir, tant elle bavardait de bon cœur. Quand son regard revint sur la glace, elle poussa un cri de joyeuse surprise :

— Mais ce n'est plus moi, s'écria-t-elle, je suis aussi bien coiffée que vous ! Mon fils va me trouver belle ! Descendons.

Elle se mit debout devant sa psyché et s'admira de la tête aux pieds. De la tête aux pieds elle éblouissait. Laure avait trouvé moyen de caser tous les diamants : il y en avait pour six personnes, et sous tant de rayonnements, la bonne Domenica n'était pas plus ridicule qu'à l'ordinaire :

Un vrai chef-d'œuvre !

Pendant qu'elle s'admirait de tout son cœur, Laure semblait absorbée dans ses réflexions.

Sur un guéridon, non loin d'elle était le mouchoir brodé que la marquise avait trempé de ses larmes si abondamment le matin.

Laure l'aperçut et son œil brilla.

— Descendons ! répéta-t-elle après Domenica.

Elle se leva.

En passant auprès du guéridon, elle passa la main furtivement sur le mouchoir et sentit un objet dur à travers les plis de la batiste.

— La bague est là ! pensa-t-elle.

La marquise, dont la main tenait déjà le bouton de la porte, se retourna effrayée parce qu'elle avait entendu un gémissement.

Elle vit Laure droite et roide au milieu de la chambre, les yeux fixes, le corps agité de tressaillements.

— Chérie ! chérie ! s'écria-t-elle en s'élançant, n'allez pas vous trouver mal !

— Je dors, répliqua Laure, de cette voix sèche et

sans sonorité que Domenica connaissait si bien depuis le matin.

— Vous dormez ! répliqua celle-ci stupéfaite. Et qui donc vous a endormie !

— *Lui !* prononça Laure.

Son doigt tendu montrait le mouchoir.

La marquise murmura, en joignant les mains :

— La bague! Est-ce assez étonnant ! Avec cette science-là, on n'est jamais au bout !... Mais, bonne petite, nous n'avons pas le temps ! Il faut vous éveiller...

— Non, fit Laure, d'un ton morne.

Elle ajouta :

— C'est mal. Vous m'aviez volé cette bague pendant mon sommeil.

De rouge qu'elle était, Domenica devint écarlate. Laure continua :

— Conduisez-moi à un fauteuil, sinon je vais tomber.

Et dès qu'elle fut assise :

— Avez-vous des cheveux de Mlle d'Alcix ?

— Mais, bonne petite, objecta la marquise, on m'attend...

— Je n'obéis qu'à LUI interrompit Laure. Faites-moi toucher des cheveux de princesse Charlotte, sur le champ.

Elle avait mesuré, depuis tantôt, le danger de la terrible partie où Mylord l'avait entraînée.

Elle voulait, autant que possible, séparer son jeu de celui de Mylord, et se ménager tout au moins une porte de derrière.

Domenica, qui était presque pâle, maintenant, ouvrit son coffre à bijoux et y prit un médaillon contenant des cheveux de Charlotte.

Aussitôt que Laure eut dans la main ce médaillon, elle s'écria :

— Je vois... je suis lucide !

— Que voyez-vous, chère belle ? demanda la marquise avec toute sa curiosité facilement réveillée.

Laure fut une longue minute avant de répondre.

— Charlotte est là, devant moi ! dit-elle enfin. Ce n'est pas la fille de Michela Paléologue, princesse d'Aleix. Il y a imposture.

— Oh ! fit Domenica : niez donc le pouvoir du somnambulisme !... c'est l'exacte vérité, ma chère.

— Elles sont deux, reprit Laure; je vois aussi Savta.

Puis elle ajouta plus bas :

— Ils sont trois !...

— Qui est l'autre demanda la marquise.

— Domenico... car il a la cicatrice.

— Mon fils !... où est-il ?

— Je ne sais. C'est une campagne. Il y a des nuages qui passent. Pensez à votre fils, de toute votre force, et aidez-moi.

— J'y pense, grand Dieu ! Je ne pense qu'à lui... Et je vous aide tant que je peux !

— Touchez ma main. Serrez-la...

Domenica lui prit la main.

— Ce n'est pas Domenico ! s'écria Laure dès que la marquise eut obéi. Votre sang m'éclaire :

ce n'est pas le même sang ! Celui-là est un faux Sampierre, comme Charlotte est une fausse Paléologue !

— Que font-ils ? interrogea la marquise, tremblant de tout son corps.

— Il y a ce nuage... attendez ; je vois un autre Domenico... le vrai... votre sang, celui-là ! Pourquoi sa tête penche-t-elle sur son épaule droite ?... Ah ! la blessure ! Après vingt ans !... je voudrais voir, mais il y a toujours ce nuage... et des lueurs ! de grandes lueurs !

Elle poussa un cri et son visage exprima une soudaine épouvante, pendant qu'elle balbutiait :

— Ce nuage est un incendie... un crime !

— Mon fils est en danger ! parlez ! je vous ordonne de parler !

— Morts ! prononça Laure en un râle.

— Mon fils ! mon fils ! cria la marquise affolée par la terreur : mon fils !

— Non... Pas votre fils... oh ! c'est horrible de voir souffrir ainsi même ceux qui ont essayé de faire le mal !

— Mais qui donc est mort ?

— Elle était toute jeune, dit Laure dont la voix allait faiblissant, et bien belle !

— Ce serait Charlotte !

— Elle aimait celui qui voulait faire de vous la plus misérable des mères !

— Morte ! Carlotta ! murmura la pauvre marquise en un gémissement.

Elle était vraiment bouleversée.

— Pernola m'avait déjà dit quelque chose d'approchant, reprit-elle pourtant. Chérie, c'est certain que la pauvre enfant n'était pas de notre famille. J'étais si bonne pour elle! Je ne voulais pas croire... je n'y crois pas encore. mais elle était sortie, le soir où le malheur arriva au saut du loup. Il y avait du louche dans sa conduite... Ah! j'aurais eu bien du chagrin si elle avait mal tourné...

Elle s'interrompit, rejetant loin d'elle le deuil de cette pensée et s'écria :

— C'est de mon fils qu'il s'agit... Lui! rien que lui! parlez de lui! Pour moi, il n'y a que lui!

Le premier accord de l'orchestre monta du rez-de-chaussée.

En même temps, un bruit de pas et de voix se fit dans la chambre voisine.

Laure sembla prêter l'oreille et mit un doigt sur sa bouche.

— Avez-vous pensé parfois, murmura-t-elle, que vous pourriez devenir pauvre?

Domenica se mit à rire et dit :

— Vous m'avez déjà parlé ainsi ce matin, ma chère...

Laure poursuivit sans transition :

— Le moment approche où vous allez revoir votre fils. Préparez-vous et mettez la bague à votre doigt. L'enfant viendra droit à la bague. Ce n'est pas vous qui le reconnaîtrez, c'est lui qui vous dira : « Ma mère, je vous salue. »

— Pourquoi m'avez-vous parlé de pauvreté? demanda Domenica. C'est pour lui que je vous adresse cette question; je vais devenir économe. Je lui ferai une fortune égale à celle de dix rois!

— Il y a un voleur, répondit Laure.

— On ne vole pas des domaines immenses!...

— Si fait, dit Laure. Tous les domaines au monde peuvent tenir dans un portefeuille.

— Et qui est ce voleur?

On avait cessé de parler dans la chambre voisine dont la porte s'ouvrit.

— Ecoutez le nom qu'on va prononcer! dit tout bas la baronne.

— M. le comte Pernola, dit au même instant Mlle Coralie, inquiet de l'absence de Mme la marquise, vient s'informer de ses nouvelles.

XLIII

SUPERBE FÊTE

C'était une superbe fête, toute pareille à toutes les superbes fêtes que vous connaissez si bien. Je pense que Faure y devait chanter, cela ne coûte que 2,000 francs, et Nilsson, et Marie Sax.

J'ai même vaguement l'idée que Lemercier de Neuville y devait caricaturer quelques pantins politiques et littéraires du jour.

Du reste, le programme ne contenait rien de malsain : Mme la marquise de Sampierre ne forçait jamais ses hôtes à entendre des opéras comiques de sa façon, paroles et musique. Elle avait pour cela trop bon cœur.

C'est là un des plus cruels caprices de l'argent qu ne se contente plus de choisir à la friperie ses parchemins de carnaval, et veut encore se payer le pompon de la petite gloire.

Demain, il voudra la grande, et s'enquiert déjà pour savoir ce que cela peut bien coûter au marché.

Le lecteur nous saura gré de lui épargner ici toute espèce de description. C'était le bal de tout le monde. Quant aux invités, vous les connaissez ou vous ne les connaissez pas, tout juste comme la marquise elle-même. Vous savez bien qu'il y a chez nous une quantité de beaux salons trop larges où Paris passe comme dans la rue, et nous dirions presque sans ôter son chapeau.

Il y avait foule, non seulement dans la belle suite des pièces d'apparat, mais aussi dans les parterres, brillamment éclairés. Les illuminations prenaient fin, cependant, à peu de distance des massifs, et les quelques groupes curieux qui voulaient s'égarer loin du cercle de lumière étaient arrêtés par cette clôture en treillage de fer dont nous avons parlé déjà plusieurs fois.

Au-delà de cette limite régnaient la solitude et l'obscurité.

La marquise Domenica, enfin rendue à ses devoirs de maîtresse de maison, faisait les honneurs.

Elle avait laissé dans sa chambre de toilette cette pauvre belle baronne de Vaudré, incapable d'affronter les fatigues de la fête et qui prenait un instant de repos bien mérité.

Domenica éblouissait comme une devanture de joaillier. Elle était fort entourée. L'ardente animation de son teint la faisait paraître joyeuse.

Et, en effet, il y avait en elle de la joie, un espoir passionné, une ivresse qui aurait voulu déborder en paroles, mais il y avait aussi une douleur et des terreurs.

Il avait tout cela et, en conscience, c'était trop pour une pauvre bonne créature comme elle que les années avaient laissée enfant par delà les limites de la jeunesse.

Quand la pensée de la perte de Charlotte traversait son souvenir, les larmes lui venaient aux yeux. Mais cela passait comme un rêve. Etait-ce possible Et tout d'un coup, elle se prenait à penser :

— Si Laure devenait ma fille ? Elle qui est si belle! et qui m'a prouvé tant de dévouement! Je suis sûre que mon Domenico l'aimerait. Elle paraît encore toute jeune...

— Bonjour, vicomte, dit-elle à Mœris qui venait la saluer. Si vous saviez! s'il m'était permis de vous apprendre... mais j'ai promis le secret... Ah! vous avez été bien admirable, mon ami, et je serai toujours reconnaissante pour les terribles dangers courus là-bas, dans le désert, mais on va souvent chercher bien loin ce que la bonté de Dieu se charge elle-même de vous apporter.

— Avez-vous donc de bonnes nouvelles, chère madame ? demanda Mœris en lui baisant la main.

— Ne m'interrogez pas, mon ami! J'ai un bâillon sur la bouche... Bonjour Moffray... Mais j'avais à vous parler à tous les deux... Je cherche...

Elle leur serra le bras fortement. Pernola passait, joli comme une gravure de modes, pantalon collant de casimir blanc, gilet à cœur, retenu par un seul bouton de diamant, habit noir à revers de je ne sais quoi : un amour!

— Je me souviens! dit tout à coup la marquise. Connaissez-vous Mme la baronne de Vaudré, messieurs ?

— Certes, répondirent Mœris et Moffray, beaucoup.

— Que pensez-vous d'elle ?

— Ce que le monde en pense. C'est le plus noble cœur...

— N'est-ce pas ? interrompit Domenica. Ecoutez bien, voilà ce que je voulais vous dire : M. le comte Pernola est un bon parent, que j'estime beaucoup, mais il ne faut pas... c'est une fantaisie, vous entendez... Il ne faut pas qu'il s'absente de l'hôtel cette nuit !

Mœris et Moffray échangèrent un regard significatif.

— Que vous disais-je ? murmura Mœris. A l'instant même !

— C'est vrai ! répliqua Moffray :

— Vous saviez donc ?... fit Domenica : je n'ai rien dit au moins !

— Mme la marquise, prononça gravement Moffray, nous sommes ici pour vous servir et nous vous répondons de votre aimable cousin corps pour corps !

— Bonjour, messieurs, dit Pernola en s'approchant. Belle cousine, le prince de Courtenay est arrivé, et M. le marquis attend toujours le bonheur de vous voir.

Domenica essaya de sourire, mais ce n'était pas une forte diplomate. Le rouge de ses joues tourna au violet.

— Je vous prie de recevoir M. de Courtenay, mon cousin Giambattista, répondit-elle. Dès que j'aurai un instant, je me rendrai aux désirs de M. le marquis de Sampierre.

Pernola sourit et murmura :

— Vous êtes si bonne !

Il s'éloigna. Mœris et Moffray voulurent le suivre.

La marquise les rappela.

— Est-ce que vous n'avez pas rencontré, dans la fête, dit-elle d'une voix étouffée par l'émotion, un jeune homme ?... Mais non ! Je bats la campagne. Si je pouvais vous raconter tout ce qui m'est arrivé aujourd'hui ! Un miracle ! à l'église ! dans mon livre de messe ! Et les six lettres écrites par un homme mort pour convoquer nos bons parents de Sicile et de Roumanie ! Et ce qu'on vient de me dire à l'instant : Pernola aurait ressuscité un notaire ! Croyez-vous que je plaisante ? Je n'ai pas le cœur à cela, mon Dieu ! Pernola ! il tire les ficelles de mon pauvre mari, comme si c'était un pantin... Figurez-vous qu'il a fait une boule avec nos châteaux, nos palais, nos champs et nos prairies, une boule pas plus grosse qu'une muscade et qu'on peut escamoter de même. Vous souvenez-vous du médecin de Sicile ? Le docteur Leoffanti ?... Roland, mon pauvre Roland ! et Charlotte ! Je l'aimais comme ma fille... Et tenez, M. le marquis est devenu fou à bien bon compte. J'ai dix fois plus de raisons que lui pour perdre la tête... Allez, mes amis, allez et veillez !

La marquise se laissa choir sur un fauteuil en s'éventant vigoureusement.

Elle venait d'apercevoir un jeune homme qui

marchait droit à elle de l'autre extrémité du salon.

Son cœur cessa de battre.

Nous ne saurions dire au lecteur qui était ce jeune homme, mais Domenica le reconnut incontinent pour son fils. Il passa sans la saluer ni même la voir.

Il avait affaire au buffet.

Un autre jeune homme parut, puis deux, puis trois. Par un mystérieux effet de sa préoccupation, Domenica ne voyait que des jeunes gens dans cette foule. Les jeunes gens lui cachaient tout le reste.

Elle n'en connaissait aucun. C'est un peu le propre de ces « superbes fêtes », dans le quasi-monde.

Ne demandez jamais à la maîtresse de la maison le nom d'une personne qui passe : ce serait de l'indiscrétion poussée jusqu'à la cruauté.

Mais si la bonne Domenica ne connaissait pas un seul de ces jeunes gens, elle les *reconnaissait* tous.

Son sein battait, son cœur s'élançait.

La voix du sang parlait en elle avec autant d'éloquence que d'impartialité. Elle adorait en bloc. Pour elle, partout, l'air de famille existait, et même la ressemblance.

Elle les appelait des yeux tous ces Domenico qui ne se doutaient guère de leur bonheur, elle les magnétisait de toute sa fameuse puissance fluidique, elle pointait vers eux son doigt armé de la bague enchantée, elle travaillait, elle priait, elle mourait.

Ses mains la demangeaient... Pour un peu, elle eût arraché toutes ces cravates blanches, dont une au moins cachait l'acte de naissance de son fils bien-aimé.

Car, au fond de tout cela, il y avait un grand, un ardent amour de mère.

Cependant, Mœris et Moffray suivaient de loin le comte Pernola qui allait à son devoir. La marquise avait pu sans danger le charger d'entretenir le Courtenay, car les membres du conseil s'étaient engagés solennellement à garder le silence sur l'événement attendu.

Mœris et Moffray causaient.

— En somme, disait Mœris, que risquons-nous? Mylord s'est mis en avant; si l'affaire tourne mal, c'est le numéro 1 qui endosse tout, avec Mme Marion...

Mme Marion est morte, répliqua Moffray.

— Comment cela?

— On a fait coup double à la maison de Ville-d'Avray : Mme Marion aura disparu dans l'incendie.

— Mais nous l'avons revue!

— Nous avons revu Mme la baronne de Vaudré.

— Et le Poussah, dit Mœris?

— Le Poussah retombera toujours sur ses gros pieds. Mylord veut tout; c'est trop. Ce sont ces gourmands-là qui payent pour tout le monde. Nous autres, nous n'avons rien dit, rien écrit ni rien fait. Le rôle est bon : gardons-le jusqu'au bout.

Ils venaient de quitter l'escalier du premier étage où Pernola s'était engagé avant eux.

L'ordre avait été donné d'introduire les membres du conseil de famille, à mesure qu'ils se présenteraient, dans l'ancien appartement de M. le marquis de Sampierre, situé à la suite de celui de Domenica.

C'était là que Pernola se rendait, sur l'ordre de la marquise.

Au moment où Mœris et Moffray passaient devant l'antichambre de cette dernière, la porte s'ouvrit et une femme en toilette de bal se montra sur le seuil.

— Madame Marion ! s'écrièrent-ils en même temps.

— Vous vous trompez, messieurs, dit Laure. La personne dont vous parlez a eu une fin malheureuse et prématurée.

Elle déplia une mante qu'elle portait sur le bras et la jeta sur ses épaules.

Mœris et Moffray se mirent à rire en l'aidant à draper les plis de la soie.

— Nous avions deviné cela, dit Moffray. C'est un jeu d'enfer qui se joue ici, savez-vous !

— Vous êtes joueurs, répliqua Laure sèchement. Êtes-vous beaux joueurs ?

Sa voix était dure comme celle des fiévreux.

Elle prit le bras de Mœris et dit à Moffray :

— Suivez-nous.

— Nous allons ?... demandèrent-ils.

— Au jeu... et vous l'avez dit : un jeu d'enfer !

XLIV

FROTIN, RENAUD, LAMÈCHE ET LE HOTTEUX

Il n'était pas plus de minuit et demi quand Laure descendit le grand escalier de Sampierre, escortée de ses deux compagnons.

Mœris et Moffray n'avaient pu échanger aucune parole, mais ils s'étaient dit leur inquiétude d'un regard.

— Vous ne laissez personne à notre place pour surveiller le Pernola ? demanda Moffray.

— A quoi bon ? répondit Laure. Il est prisonnier ici comme bien d'autres.

Ces mots contenaient une menace si peu voilée que Mœris s'arrêta.

— Madame, dit-il en baissant la voix, ne pouvons-nous savoir ce qui va se passer ?

— Vous allez non-seulement le savoir, mais le voir, répliqua Laure durement.

Elle ajouta :

— Tâchez de rire et soyez galants. Voilà qu'on nous regarde.

Ils étaient dans le vestibule, éclairé à jour et tout fleuri comme une corbeille. Moffray, obéissant, dit en souriant :

— Je réclame mon droit, vous m'avez promis une valse.

— Est-ce que vous sortez déjà, madame la baronne? demanda-t-on dans la mêlée des entrants.

— Non, répondit Laure, mais j'ai besoin de prendre un peu l'air, et je n'ai pas le courage de traverser les salons pour gagner le parterre.

Elle passa. On se dit :

— C'est vrai que la belle baronne est toute changée.

En franchissant la porte qui donnait sur le jardin, Laure eut un brusque frisson. Elle ramena sa mante d'un geste frileux.

— Vous avez froid? dit Mœris.

— Oui, murmura-t-elle.

Elle ajouta tout bas :

— Et j'ai peur!

Elle était sans contredit la plus brave des trois. A dater de ce moment, ses deux compagnons furent muets.

Ce bon rôle d'abstention auquel Moffray tenait tant semblait arrivé à son terme. Qu'allait-on exiger d'eux! Laure, l'aventurière intrépide, avait peur!

La portion du jardin dévolue à la fête s'étendait surtout devant la façade de l'hôtel. A droite et à gauche, on n'avait illuminé qu'un espace relativement étroit.

Nous croyons opportun de rappeler ici au lecteur l'étendue considérable de l'enclos de Sampierre. Le champ des lumières était plus que suffisant pour que deux ou trois « tout Paris » y pussent prendre à l'aise leurs ébats, mais il n'occupait certes pas la dixième partie du parc.

Mme la baronne de Vaudré prit, à droite, une tortueuse allée que nous connaissons bien pour y avoir rencontré une fois le comte Giambattista Pernola en compagnie de Charlotte, ce soir où le pauvre Fiquet, l'ancien n° 5, fut accroché par la tempe à un clou dans « la guérite » du saut de loup.

Nos trois compagnons arrivèrent bientôt aux confins de l'illumination.

En cet endroit. les massifs n'étaient pas encore déserts. On y entendait causer et rire, mais on ne voyait personne. Et à mesure qu'on allait, les bruits joyeux diminuaient.

Laure tourna sur la gauche. Elle traversa une pelouse, puis un petit bois au delà duquel était un espace libre, — tout noir, bordé par le saut de loup.

A cinquante pas en avant, une lueur solitaire brillait. Laure dit :

— C'est la fenêtre du père Preux. Moffray, allumez un cigare.

— Je n'en ai pas sur moi, répondit Moffray.

— Donnez-moi votre boîte d'allumettes, fit Laure.

Elle frotta elle-même le phosphore qui pétilla.

Aussitôt, chez le Poussah, la lumière s'éteignit.

Laure quitta ses compagnons pour marcher jusqu'au bord du saut de loup. En route, elle roula une clef dans un morceau de papier et laissa tomber le tout au fond du fossé.

Du côté de la cité Donon, qui semblait déserte et

endormie, un mouvement se fit dans les herbes garnissant le bord opposé du saut de loup.

Une forme humaine se laissa glisser le long de la rampe et gagna le fond, d'où une voix monta.

— Vous êtes en retard, dit cette voix, les hommes attendent... je ne trouve pas votre clef.

— Vous êtes-vous occupés de capitaine Blunt?... commença Laure.

La voix l'interrompit, disant :

— Jetez d'abord l'échelle, nous causerons au pavillon. Tout va bien. Je tiens la clef.

Quand Laure rejoignit ses compagnons, ils s'étaient consultés sans doute, car Mœris lui dit d'un ton assez péremptoire :

— Chère madame, il y a des besognes qui ne nous conviendraient pas.

— Messieurs, répondit Laure, je donnerais tout ce que je possède et dix ans de vie pour être à Londres en ce moment. Je n'ai pas plus le choix que vous. Nous nous sommes donnés au diable.

— Ce sont des mots ! s'écria Moffray. Il est toujours temps de sortir d'un guêpier. Nous n'avons qu'à rentrer dans le bal...

— Essayez ! murmura Laure qui jeta un regard en arrière.

Ses deux compagnons suivirent ce regard. Illusion ou réalité, ils crurent voir tous les deux quatre ou cinq noires silhouettes immobiles à l'entrée des massifs.

— On ne nous assassinerait pas, je suppose ! dit Mœris.

Laure répondit d'un accent découragé :

— Vous pouvez tenter l'aventure ; moi, je vais en avant, parce que je sais que le danger le plus certain est par derrière.

Elle reprit sa marche en effet. Au bout de quelques pas, Mœris et Moffray la rejoignirent.

Ils s'engagèrent ensemble et sans parler dans les bosquets et longèrent le grand mur séparant le parc de la ruelle qui conduisait de la rue de Babylone à la cité Donon :

A une centaine de pas du saut de loup, une échelle était appliquée contre le mur. Laure lança une poignée de sable par-dessus le faîte et dit en même temps :

— Garez-vous !

Elle se colla vivement contre la muraille et les deux autres firent comme elle.

Presque aussitôt après, un lourd paquet tomba sur le sol de l'allée.

— Je monterai, si vous n'osez pas, reprit Laure. Ceci doit être attaché au dernier barreau de l'échelle.

C'était une corde à nœuds. Mœris monta et regarda dans la ruelle. Il ne vit rien. Quand la corde fut solidement attachée, il en laissa tomber le bout au dehors.

Alors, une voix enrouée dit :

— Pesez sur le bas de l'échelle pour que ça ne gambade pas sous notre poids.

Et la corde se tendit.

Par cette route, quatre hommes pénétrèrent successivement dans le parc de Sampierre.

Le dernier ramena la corde.

C'étaient les quatre « pratiques » commandées par Mylord au Père Preux et que Jabain était allé chercher de l'autre côté des Invalides : Frotin, Renaud, Lamèche et Le Hotteux ; des solides !

Ils n'avaient pas bonne tournure, mais ils étaient gâlants, car Le Hotteux, celui qui portait la corde, l'abandonna pour empoigner Laure par la taille.

— Tiens ! dit-il, voilà du sexe ! Profitons !

Laure eut coup sur coup une demi-douzaine de gros baisers pleins d'eau-de-vie, dont Le Hotteux se paya sur place en lui escamotant sa montre.

XLV

GARDE A CARREAU

Ce n'était pas le papa Preux qu'on aurait pu introduire pardessus le mur à l'aide d'une corde gymnastique. D'autre part, on aurait eu beau commander chez Dusautoy un costume de bal pour six, le brave homme était si populaire dans le quartier que son entrée eût fait scandale à la grand-porte.

Et pourtant, nous savons que Mylord, le terrible n° 1, l'avait condamné à payer de sa personne, cette nuit.

La clef, jetée par Laure au fond du saut de loup, lui était spécialement destinée. Cette clef ouvrait la petite porte, par où princesse Charlotte allait à la maison de l'aveugle.

L'allumette que Laure avait brûlée sur la pelouse était un signal.

Jabain, fidèle comme l'acier, aida le Poussah à descendre son escalier, ce qu'il fit tristement. Il n'était plus, disait-il, assez ingambe pour aller dans le monde.

Arrivé au bas des marches, le père Preux s'errêta à la porte de ce qui semblait être la principale chambre du rez-de-chaussée, et commanda à son soldat de l'attendre au dehors.

Nous eussions regardé comme malhonnête d'omettre ce détail, destiné à donner le dernier coup de pinceau au portrait du plus obèse coquin de ce temps-ci.

Quand Jabain eut passé le seuil, le père Preux, qui restait dans l'allée, frappa doucement à la porte.

Elle s'ouvrit aussitôt.

— Va bien, monsieur Morfil ? dit-il. Vous n'avez encore rien vu par votre fenêtre ?

— Rien, fut-il répondu à l'intérieur de la chambre qui était sans lumière.

Le Poussah reprit :

— Faites comme chez vous, vous savez. Vous avez une porte sur le derrière, Mettez des hommes sur la place à coté. Je parierais dix contre un que je ne vous ai pas dérangé pour des prunes ! Et vous voyez ! malgré mon infirmité, je sors à cette heure indue pour pousser une reconnaissance. J'ai idée qu'ils sont là, dans le parc. Tenez-vous prêt, je vous ferai signe, et nous les pincerons... Ah ! si j'avais mes jarrets d'autrefois ?

Il ferma la porte et rappela Jabain.

— Connais-tu la garde à carreau, toi ? lui demanda-t-il. Je viens de m'en payer une bonne !

Jabain eût souhaité une explication, mais le Poussah ne parlait jamais en marchant.

Ils atteignirent la porte du parc, située au bout du saut de loup. Elle était ouverte d'avance.

Quand Jabain voulut entrer, il vit de l'autre côté du seuil une ombre qui attendait.

— Je vas changer de béquille, dit le Poussah.

Il mit son gros bras autour du cou de l'ombre, et ajouta paternellement :

— Bonne nuit, Jabain, mon fils, va te coucher. Tu as congé jusqu'à demain matin.

XLVI

LE GUET-APENS

De cette partie du parc de Sampiere qui entourait le pavillon et qu'on avait défendu par un grillage régnant, les bruits de la fête étaient à peine entendus. Le pavillon, lui-même, sombre et silencieux, semblait dormir. Une lueur faible glissait pourtant à travers les persiennes fermées de la chambre aux portraits où nous avons laissé le marquis Giammaria.

Cette chambre, le lecteur s'en souvient, avait deux paires de fenêtres dont l'une donnait sur la maîtresse avenue qui conduisait des parterres à la rue de Babylone, et dont l'autre s'ouvrait sur les fourrés.

La grande avenue était brillamment éclairée de bout en bout et incessamment traversée par les équipages.

Les fourrés, protégés par le bois et par le pavillon même, restaient dans une obscurité profonde.

A une trentaine de pas des deux fenêtres, par où le comte Pernola avait entendu ce bruit suspect pendant sa décisive entrevue avec M. de Sampierre, quatre hommes bivouaquaient au plus épais des massifs, mais sans feu ni chandelle.

Ils ne fumaient ni ne buvaient. Ils ne causaient même pas et nous n'avons d'autre moyen de les désigner au lecteur que le plus simple de tous; écrire leur nom en toutes lettres.

C'était le contingent levé par le père Preux dans ses fiefs du Gros-Caillou, derrière les Invalides : Frotin, Renaud, Lamèche et Le Hotteux.

Aussitôt après avoir franchi l'échelle, ils étaient venus du grand mur de la cité Donon jusqu'ici sans traverser aucun des espaces éclairés occupés par la fête. Laure, Mœris et Moffray les avaient conduits, toujours sous bois, en faisant un tour énorme par derrière l'hôtel.

A un certain endroit, voisin de la poterne, située en face de la maison de l'aveugle, ils avaient rencontré le Poussah, qu'ils connaissaient de reste, soutenu par un jeune homme en toilette de bal qui leur était inconnu.

Leurs conducteurs se trouvèrent être alors plus nombreux qu'eux-mêmes. Ils étaient cinq, y compris la belle dame que Le Hotteux avait embrassée et qui avait mis fin à ses gaietés en appuyant au nœud de sa gorge un joujou dont la pointe ne plaisantait pas.

Le père Preux fut remis aux mains de Mœris et Moffray qui soutinrent à droite et à gauche sa marche de pachiderme impotent.

La route fut longue et presque silencieuse.

Le contingent du Gros-Caillou qui écoutait de toutes ses oreilles put à peine saisir quelques mots, parmi lesquels il n'y avait jamais de noms propres

Les deux vivantes béquilles qui étayaient le Poussah étaient désignées ainsi : n° 2 et n° 3.

La dame était le n° 5.

Le jeune homme en costume de bal portait le n° 1.

Tout cela répandait une bonne odeur de coquinerie organisée qui donnait véritablement confiance. Le Hotteux et ses compagnons n'avaient plus envie de s'émanciper.

Le n° 1, ce jeune et beau gaillard qui était évidemment au-dessus du père Preux lui-même, leur inspirait crainte et respect.

Ce fut le n° 1 qui les plaça en embuscade, qui les arma et qui leur donna la consigne.

Elle était claire la consigne — et *raide*, selon la propre expression du Hotteux, qui n'était pas sans fréquenter nos théâtres à la mode.

On devait amener là un homme. Il fallait expédier cette homme à bas bruit.

Jusque-là, attendre et se taire.

XLVII

LA RAFANETTA

La Rafanetta est un jeu d'Italie et surtout de Sicile.

Rafano veut dire proprement un « cran ». La rafanetta est un caressant diminutif qui sert à désigner un petit instrument, semblable à ces anciens casse-noisettes qui opéraient par la pression d'une vis.

Jeunes gens et jeunes filles du pays de Catane introduisaient leurs doigts dans le trou destiné à la noisette ; chacun dépose une baïoque au panier, et celui qui supporte la plus haute pression gagne la poule.

Le père Preux, Mme la baronne Laure de Vaudré, le vicomte de Mœris, M. Achille Moffray et Donat, dit Mylord, étaient rassemblés et tenaient un conseil qu'on peut appeler suprême, car il précédait de quelques minutes seulement la bataille.

Le lieu choisi pour cette dernière entrevue était la petite chambre située à l'encoignure du pavillon, entre la grotte qui y donnait accès et le corridor menant à l'ancien appartement du feu comte Roland. C'était cette même petite chambre qui avait servi de retraite à princesse Charlotte pendant la maladie de son cousin Roland et par où, quelques heures auparavant, elle avait introduit Edouard Blunt auprès du marquis de Sampierre.

Il y avait une bougie plantée à terre. Laure était asssise sur l'unique chaise. Le papa Preux, Mœris et Moffray avaient pris place sur l'ancienne couchette de Charlotte.

Mylord se tenait debout. Tout le monde était en costume de bal, sauf le Poussah qui avait pourtant fait toilette jusqu'à un certain point.

Il avait une redingote toute neuve et des souliers vernis.

Mylord semblait grandi et vieilli. Sa tête s'inclinait violemment sur son épaule et se redressait soudain, de temps en temps, par un mouvement involontaire, comme une convulsion. Ses traits exprimaient une résolution froide etpar cela plus terrible.

Par intervalles, ses yeux sombres rendaient un double éclair.

Laure était froide aussi et résolue, mais le travail et les angoisses de cette journée l'avaient brisée plus qu'une semaine de fièvre.

En elle, tout fléchissait, hormis sa volonté implacable.

Les autres étaient tout uniment piteux comme des chiens battus. Le père Preux, essoufflé du grand effort de sa course et baigné par des torrents de sueur, avait néanmoins sa grosse figure toute blême. Mœris et Moffray faisaient compassion.

C'était Mylord qui parlait.

Il faisait de son mieux pour contenir sa voix qui parfois s'échappait en rauques éclats. Il disait :

— L'enseignement rationel du docteur Jos. Sharp condamne le meurtre, en thèse générale. Il l'ordonne néanmoins dans deux cas spéciaux : 1° quand on est surpris en flagrant délit ; 2° quand un premier meurtre commis laisse derrière soi des témoins.

Nous étions dans le premier cas à Ville-d'Avray. Nous sommes, depuis lors, dans le second.

A Ville-d'Avray, j'ai tué parce que cette Charlotte connaissait Mme Marion sous son nom de baronne de Vaudré.

J'ai tué par le feu, parce que l'incendie fait la nuit après lui.

Dans les heures qui ont suivi, j'ai continué de tuer, selon le précepte du maître, pour supprimer tous les témoins. Il en est résulté ceci : Mme Marion est morte pour le monde, parce que tous ceux qui étaient dans la maison de Mme Marion sont morts.

— Tous ? fit Laure.

— Tous répéta l'élève de Jos. Sharp dont le cou se dressa tout droit.

— Vous êtes donc retourné là-bas ? demanda le père Preux : cette nuit ?

— Quand je suis revenu à Paris, reprit Mylord après avoir fait un signe d'affirmation, il n'y avait plus rien derrière nous : Je dis rien, excepté ce témoin dont nous n'avons fait que soupçonner la présence...

— Chanut ! interrompit Preux : Je jure qu'il était là !

Mylord le regarda fixement.

— Pourquoi avez-vous envoyé un messager, ce soir, à un chef de la préfecture, vous ? demanda-t-il.

Il y eut un mouvement parmi ceux qui entouraient le Poussah.

Mais celui-ci répliqua sans se troubler :

— Précisément parce que Vincent Chanut était à Ville-d'Avray. M. Morfil serait avec ses hommes dans le parc de Sampierre, si à l'heure qu'il est, je ne les avais mis dans ma propre maison.

Moffray et Mœris ne prenaient plus la peine de cacher leur détresse.

— Tout cela est insensé ! dit Moffray.

Et le Poussah ajouta :

— Nous jouons à coup sûr, du moment que je tiens les cartes.

Puis, s'adressant à Laure :

— Il n'y a, dit-il, que vous de brave ici, ma femme.

Laure ne répondit pas. Mylord reprit :

M. Preux, quand votre messager est revenu, ne vous a-t-il pas dit qu'il y avait quelqu'un avec le chef de la police, au café du Commerce, place des Trois-Marie ?

— Si fait, répondit le Poussah : mon soldat m'a dit qu'il y avait quelqu'un.

— Vous a-t-il dit le nom de ce quelqu'un ?

— Non.

— Votre messager connaît-il Vincent Chanut ?

— Oui, certes.

— C'était pourtant Vincent Chanut qui était avec M. Morfil.

— Alors, s'écrièrent Mœris et Moffray, nous sommes cent fois, mille fois perdus !

En s'essuyant à deux mains, le Poussah fit ruisseler la sueur de son crâne qui trempa le sol.

— Il se déguise très-bien ce Chanut poursuivit froidement Mylord. Quand il est sorti du café, je l'ai suivi jusque chez lui, et je l'ai attendu dans son propre escalier. Je savais qu'il rentrait pour faire toilette. Il devait être des nôtres, ici, chez Mme la marquise, et sans doute il n'y serait pas venu seul, car il avait des invitations plein ses poches. Il est ressorti au bout de vingt minutes et je ne l'ai pas reconnu : c'était un gros bourgeois blond, habillé tout comme un notaire. Mais quand il a été couché mort sur le palier du quatrième étage...

— Vous l'avez donc frappé sans le reconnaître?

Ceci fut dit par tout le monde à la fois.

Mylord avait aux lèvres un orgueilleux sourire. Il poursuivit, fier de l'effet produit:

— Quand il a été couché mort et bien mort, j'ai arraché sa perruque blonde. C'était lui, j'en réponds. Jamais il ne se déguisera plus.

Dans la stupeur qui suivit ces paroles, il y avait de l'admiration et aussi un symptôme de confiance faisant effort pour renaître.

Uu peu de sang revint aux joues de l'homme d'affaires et du coureur d'aventures, ce lièvre qui vivait d'une réputation de lion. Le Poussah baisa le bout de ses doigts et dit :

— Vous, vous êtes un joli mâle, monsieur l'anglais.

Seule, Laure ne changea point de visage. Elle ressemblait à une statue.

Mylord dit, répondant au père Preux :

— Je suis le n° 1. Le maître doit tout faire par lui-même, et vous savez maintenant le sort réservé à ceux qui s'arrêteraient en chemin. Pour le moment, la route parcourue est nette. Donc, regardons en avant. Quelle heure est-il, monsieur Preux ? L'héritier de Sampierre et de Paléologue n'a pas encore de montre dans son gousset.

Le Poussah consulta la sienne et répondit :

— Une heure et trois minutes.

Mylord reprit :

— M. le comte Pernola ne viendra qu'au quart : nous avons le temps... En avant, il reste des obstacles : d'abord, Pernola que je viens de nommer, ensuite capitaine Blunt. Capitaine Blunt n'est pas un témoin, il ne sait rien contre nous, mais s'il arrivait jusqu'au conseil de famille, tous nos projets seraient ruinés. Au contraire, sa mort me fait invincible. S'il est mort, je parlerai de lui, je m'appuirai sur lui. Voilà pourquoi je le condamne à mourir.

— Êtes-vous sûr qu'il viendra ? demanda Preux.

— Avant de passer par mes mains, répliqua Mylord, Vincent Chanut l'avait convoqué, je suis sûr de cela, et les quatre hommes que nous avons postés au revers du pavillon l'attendent.

— Et Pernola ? demanda encore le Poussah.

— C'est différent. M. le comte a pris l'initiative. C'est lui qui nous a appelés. Il a besoin de nous, pour rendre définitifs et non sujets à réclamations certains actes de vente qu'un mot du marquis, mon père, réduirait à l'état de vieux papiers, mais que son décès fera authentiques, j'entends le décès de mon père. Le comte Pernola est un homme de mérite, il n'a qu'un tort, c'est de nous prendre pour des niais ; vous savez cela mieux que moi, monsieur Preux, puisque c'est à vous qu'il a tendu le dernier hameçon. Vous êtes une paire d'amis, tous les deux.

— Il m'a fait savoir, dit le Poussah, que M. le marquis serait seul cette nuit au pavillon, bouclant ses malles pour passer en Angleterre, et que sa valise pesait lourd !

— Demandez à Mme la baronne ce qui lui ont appris Mlle d'Aleix et son Édouard Blunt.

Laure répondit si bas qu'on eut peine à l'entendre.

— C'est Pernola tout seul qui doit fuir cette nuit...

— Et qui est comme nous, interrompit Mylord : il ne veut rien laisser derrière lui !

Tout en parlant, depuis quelques minutes, il maniait une cordelette avec la dextérité qu'il mettait à toutes choses, et la disposait selon un certain système de nœuds. Cela ressemblait un peu aux collets dont on se sert pour prendre les grives au moment de la passée.

Un bruit léger se fit dans le corridor qui menait à l'intérieur du pavillon. Mylord prêta l'oreille.

— N° 2 et n° 3, ordonna-t-il d'un air goguenard, mettez-vous des deux côtés de cette porte ; quand mon cousin va entrer, vous le terrasserez et vous le bâillonnerez.

Mœris et Moffray n'osèrent pas désobéir.

— Connaissez-vous cela ? demanda Mylord au Poussah en lui montrant son piège à grives.

— Parbleu ! fit le père Preux : Mme la baronne aussi. Nous avons habité ensemble le pays basque,

C'est le *garrote pequegno,* à l'aide duquel les bandits de la Navarre font sortir de terre les doublons des hidalgos campagnards.

Mylord introduisit une clef dans le principal nœud de sa cordelette et remit le tout aux mains du Poussah en disant :

— Voilà l'hidalgo qui vient... accouchez-le de ses doublons.

On frappait doucement à la porte intérieure.

— Entrez fit le père Preux sur un signe de Mylord.

Le comte Pernola ent'rouvit la porte. A la vue de Laure, il entra vivement.

A peine eût-il passé le seuil qu'il tomba : la main de Mœris avait étouffé son premier cri.

Giambattista Pernola était aussi en costume de bal. Cela donnait une couleur singulière à cette scène de violence qui avait lieu dans une pauvre chambre humide comme un caveau à peine éclairée par la bougie brûlant au ras du sol.

Dès le premier instant, Pernola se vit perdu.

La délicate pâleur de son teint devint verte.

Il fit un effort pour appeler au secours.

Le mouchoir de Moffray, noué avec une brutale vigueur, remplaça la main de Mœris sur sa bouche.

— Apportez-le ! commanda Mylord.

Son geste montrait le carreau au pied du Poussah.

Mœris et Moffray soulevèrent Pernola et le déposèrent à cette place.

Il se releva aussitôt sur ses genoux jetant tout autour de lui son regard épouvanté.

— Mon cher monsieur, lui dit Mylord, veuillez vous

remettre. Si vous vous comportez sagement, il ne vous sera point fait de mal. Vous êtes ici en famille. Inutile de vous présenter ces messieurs, ni madame la baronne. Moi, je suis votre cousin Domenico, le frère du comte Roland que vous avez empoisonné.

Les mains de Pernola s'agitèrent désespérément. Mylor poursuivit en tirant la baguette d'arrêt d'un revolver :

— Soyez très prudent, je vous le conseille. Je suppose bien que vous êtes armé. Laissez-vous fouiller sans résistance. M. le marquis, mon père, est ici près, et il ne faut pas qu'il vous entende.

Sur un signe, Mœris et Moffray retirèrent des poches de Pernola deux pistolets et un stylet d'Italie.

— Voilà qui est bien, reprit Mylord, qui abaissa son revolver. Maintenant, ayez la bonté de nous dire où vous avez mis les traites représentant le revenu de Paléologue, escompté pour dix ans et les six actes de vente à l'aide desquels vous comptiez me voler mes domaines de Sampierre.

Un étonnement sans bornes secoua l'apathie de Pernola dont le regard interrogea mieux que ne l'eût fait la parole elle-même.

— Certes, certes, fit Mylord doucement, vous avez bonne envie de savoir comment j'ai appris ces détails, mais le temps nous manque, et c'est à vous de répondre. Pernola baissa les yeux et garda le silence.

— Allez, monsieur Preux, dit Mylord sans élever la voix. Moffray, ayez l'obligeance de tenir le bras gauche et Mœris se chargera des jambes.

Il ajouta, en s'adressant de nouveau à Pernola :

— Vous êtes de Sicile, mon cousin, vous connaissez le jeu de la rafanetta ?

Pernola releva ses yeux égarés.

— Comme je n'avais pas de casse-noisette sous la main, poursuivit Mylord, j'ai fabriqué un joujou qui en tiendra lieu. Allez, messieurs !

Moffray se saisit du bras gauche, Mœris s'empara des jambes. Pendant cela, le Poussah, prenant le poignet droit, passa la main de Pernola dans les nœuds de la cordelette, de telle façon que le pouce fut replié et serré comme l'est le cou de l'oiseau arrêté par le piège. Il donna en même temps deux ou trois tours de clef. La poitrine du patient gronda.

— N° 5, dit Mylord, dénouez le baillon, pour que mon cousin puisse nous fournir le renseignement que nous attendons de son obligeance.

Laure se leva et lâcha le nœud du mouchoir.

— Madame ! oh ! fit madame ! s'écria aussitôt le malheureux Italien : ayez pitié de moi !

— Plus bas ! ordonna Mylord qui se plaça auprès de lui, le revolver armé à la main. Ceci tiendra lieu de baillon. Au premier cri, mon cousin, je vous fais sauter la cervelle.

Puis, imitant l'accent de Sicile :

— *Alla rafanetta, signor Poussah !* dit-il : *Un' rafano !* (un cran).

Le père Preux donna un tour à la clef. Tout le corps du patient fut secoué par une convulsion.

— Voulez-vous nous dire où vous avez caché le bien volé ? demanda Mylord dont le revolver touchait presque la tempe de Pernola.

Celui-ci ne répondit point.

— *Un' rafano* !

La clef tourna. La sueur ruissela sur le front du patient.

— Voulez-vous parler, mon cousin ?

Pas de réponse.

— *Un' rafano* !

Les paupières de Pernola se bordèrent de rouge.

— Nom de nom de nom ! dit le Poussah qui avait aussi le visage inondé, ne vous entêtez pas, voisin. J'en ai mal jusque sous les ongles !

Mœris et Moffray, blêmes tous deux, tressaillaient aux mêmes convulsions que le patient.

Laure se cachait le visage à deux mains.

Mylord seul gardait toute sa tranquillité. Sur ses traits, pas un plan ne bronchait.

— *Un' rafano* ! commanda-t-il encore de sa voix sèche et froide.

Le tour de clé ne s'acheva pas. Le pouce craqua et la cordelette se détendit.

Pernola, qui pleurait du sang, ouvrit la bouche pour lancer le cri de son atroce souffrance, mais le froid du pistolet toucha sa tempe.

— Voulez-vous parler, mon cousin ?

Et comme Pernola ne répondait point encore, Mylord reprit :

— Essayons avec l'autre main.

Cette fois, un râle sortit de la gorge du patient. Sa tête tomba comme un plomb sur sa poitrine.

Le misérable homme était vaincu.

— Je parlerai ! prononça-t-il d'une voix étranglée.

— Asseyez-le sur le lit? commanda Mylord, et qu'on le panse!... Mon cousin, nous vous attendons.

— Dans le corridor, ici près, balbutia Pernola dont les paroles sortaient avec peine, soulevez le cinquième et le sixième carreau, à partir de la porte, à gauche, le long du mur...

Mylord s'élança, mais en franchissant le seuil, il dit :

— Veillez bien et remettez le bâillon! S'il avait voulu nous endormir...

L'instant d'après, il reparaissait, brandissant le portefeuille conquis, et dit : tenez-moi la lumière!

Et pour la première fois, depuis le commencement de cette terrible scène, l'émotion altérait sa voix.

Mœris leva la bougie. Mylord ouvrit le portefeuille et en examina le contenu pièce à pièce.

— Tout y est! s'écria-t-il enfin. Vous êtes riches, mes camarades! mais le n° 1 aura sa part de lion!

A ce moment, de l'autre côté de la porte donnant sur la grotte, on entendit un grand bruit . un bruit de lutte qui allait se rapprochant.

— A l'autre! à capitaine Blunt! dit Mylord dont la physionomie avait déjà repris sa froideur. Vous serez sept contre un. Frappez ferme et ne redoutez plus la loi. La loi est avec nous. Moi, je reste. Mme la baronne et moi, nous suffirons à notre tâche, ici.

Il ferma le portefeuille et ajouta :

— Vous m'avez pris pour un fou : je suis un maître. On avait dépouillé le marquis de Sampierre, on allait l'assassiner. Moi, qui suis son fils, j'ai repris mon bien et j'ai sauvé mon père! Ah! ah! la loi! je l'ai dans ma poche, la loi!

XLVIII

MACHINE A TUER

Mylord avait la tête haute et le regard brillant. Ses compagnons subissaient maintenant son prestige. Ils voyaient possible le succès de sa monstrueuse combinaison.

Or, l'homme est le même toujours et partout. Pour les bandits comme pour les honnêtes gens, la réussite, sainte chose! change l'extravagance en sagesse.

Ce qui paraissait être tout à l'heure une tentative aveugle et inepte faisait partie maintenant d'un plan tracé. Le calcul stratégique perçait sous la sauvage brutalité des moyens.

Il avait du sang jusqu'aux genoux, l'élève du docteur Jos. Sharp, le bachelier de l'université des *rogues*, mais sa tête restait froide, son coup d'œil sûr; il savait où il allait.

La confiance revint; on avait un chef!

Le Poussah, enthousiasmé, se leva sans aide.

Il avait, ma foi, le couteau à la main et parlait de trouer lui-même la peau du capitaine Blunt.

— En avant, dit-il; le petit est un dieu! Vive sa mécanique!

Au dehors, le bruit semblait diminuer et s'éloigner. Peut-être ce fait n'était-il pas sans influence sur l'accès de bravoure qui prenait le père Preux et ses compagnons.

Ils entrèrent tous les trois dans le couloir qui menait aux bosquets en passant par la grotte et disparurent.

Sur la couchette, Giambattista Pernola restait étendu. Il avait perdu connaissance.

— Laurent de Tréglave, que vous appelez Blunt, dit Laure, est un homme redoutable. Il peut échapper. Prenez garde !

Mylord leva les yeux au ciel !

— Le Seigneur a ses oints, prononça-t-il à voix basse. Je suis vierge comme Samson ; je jure que jamais femme ne touchera à ma chevelure. Personne ne m'arrêtera. Si je ne contenais pas ma poitrine, elle rugirait comme celle d'un lion !

Il prit à terre la bougie et la mit dans la main de Laure.

— Marchez devant, dit-il, je vous suis.

— Où allons-nous ? demanda Laure.

— Vers mon père et vers ma mère, marchez !

Laure obéit. Quand elle eut passé le seuil de la galerie, Mylord revint sur ses pas et s'approcha du lit où Pernola était couché. Il se pencha. La bougie, déjà lointaine, emportait les dernières lueurs.

Dans l'obscurité presque complète, on aurait pu viner le mouvement du bras de Mylord, qui s eva et s'abaissa deux fois.

Cela produisit, par deux fois aussi, un bruit faible et sourd, auquel la gorge de Pernola répondit par un double râle.

Avant de rejoindre la baronne, Mylord entr'ouvrit la porte de la grotte et prêta l'oreille.

On n'entendait plus rien au dehors.

Au dedans aussi, tout était silence.

— Que va devenir le malheureux homme ? demanda Laure au moment où son compagnon entrait dans le corridor.

Mylord répliqua :

— Ne vous occupez plus de lui.

Laure comprit peut-être, car elle se sentit trembler.

— Et les autres, fit-elle, on ne les entend plus ?...

Mylord la couvrit de son regard froid et dit :

— Il faut que la place soit nette autour de celui que le Seigneur a choisi entre tous.

Elle eut envie de fuir, mais ses jambes ne pouvaient pas la porter.

— Vous les avez tués, balbutia-t-elle, et vous allez me tuer !

XLIX

L'ENGRENAGE

Les histoires sont comme les hommes : avant de finir, elles jettent un regard en arrière.

A la première page de ce livre, nous vîmes un vieillard mourant qui représentait la folie de la sagesse humaine. Il descendait des empereurs, il était riche terriblement. Le bien que ce vieil homme aurait pu faire à lui-même et aux autres, nul ne saurait le dire.

Mais l'idée de ce devoir n'était pas en lui, quoi qu'il fût chrétien. Au moment de rendre à Dieu son âme immortelle, il n'avait qu'une pensée : laisser après lui sa fortune doublée.

Extravagante floraison de l'arbre de prudence !

Le prince Michel Paléologue, pour fonder la plus grande fortune du monde, sans déroger à sa noblesse, avait donné sa petite-fille à un malade, à un fou.

Puis il s'était retourné sur son oreiller, disant : « J'ai accompli ma mission ici-bas, » et refusant de faire l'aumône à un autre enfant qui était aussi sa petite-fille, née en dehors du mariage.

Elle serait curieuse, la monographie de la bâtardise, écrite au point de vue des coups mortels que portèrent en tous temps les rejetons illégitimes à ces grandes races qui vivent par le principe de la légitimité.

Nous avons connu Mme la baronne de Vaudré sous bien des noms. Elle en avait un autre encore qui était le véritable : elle s'appelait Laure-Marie Paléologue.

C'était pour elle que le patriarche Ghika avait intercédé auprès du vieux prince Michel, le jour des noces de Domenica Paléologue et de Giammaria de Sampierre.

Ce fut à elle, devenue la maîtresse du charlatan Strozzi, que la pitié tardive du marquis jeta un jour soixante mille francs : ce dont Strozzi, le charlatan, mourut.

C'était elle que le cadet de Tréglave adorait d'un amour chevaleresque ; elle encore qui avait assassiné l'aîné de Tréglave au désert.

Sa vie, déjà bien longue, était un enchaînement de luttes sans pitié, mais sans peur : et sans remords aussi, car la famille qui l'avait repoussée, représentait pour elle la société tout entière.

Elle se vengeait.

La fortune qu'elle poursuivait depuis vingt ans, à travers le danger bravement affronté, à travers le crime exécuté froidement, c'était encore la vengeance.

Et pourtant, car Dieu ne veut pas qu'il y ait au monde une créature humaine dépourvue de tout sentiment humain, la belle Laure avait un cœur, et dans ce cœur quelque chose vibrait, aimait et souffrait.

Çette mère, qui avait abandonné un jour son enfant sans regret ni souci, on peut le dire, vivait par le souvenir de son enfant.

Cela lui était venu, je ne sais comme, un jour que la marquise Domenica lui avait présenté Mlle d'Aleix en disant : « Si je ne retrouve pas mon fils, voilà celle qui possédera nos immenses richesses ! »

Un choc s'était produit au dedans de Laure. Quelque chose l'attirait vers cette belle enfant, mais elle pensait : « Ma fille doit être belle aussi, et c'est ma fille qui devrait être héritière à sa place. »

Dans le cours de ce récit, nous n'avons montré qu'une seule fois Laure cherchant sa fille et encore le lecteur a-t-il pu voir en ce fait isolé un expédient.

Mais, en réalité, ses démarches avaient été actives et obstinées. Elle voulait sa fille, non-seulement pour l'adorer, mais encore pour la mettre à la place de Charlotte condamnée.

Aujourd'hui même, avant le drame de Ville-d'Avray, un de ses agents, qui n'était autre que le père Preux, lui avait dit : « Je suis sur la trace de votre fille... »

Nous avons parlé ainsi de Laure, parce que nous ne parlerons plus d'elle, jamais. A la fin du précédent chapitre, le lecteur a deviné que le terrible engrenage la tenait déjà et qu'elle allait être entraînée sous la roue.

Mylord avait dit dans la propre langue de Cromwell :

— Il faut que la place soit nette autour de celui que le Seigneur a élu entre tous !

Laure avait compris le sens de ces paroles qui n'étaient pas prononcées pour elle. Ces paroles contenaient son arrêt.

Quand elle vit Mylord marcher sur elle, je ne saurais dire pourquoi elle craignit quelque chose de plus affreux que la mort.

Elle leva la bougie. Mylord tenait à la main le stylet de Pernola dont la lame était rouge.

Ce n'est pas de cela qu'elle eut peur.

Derrière la grâce charmante qui était la nature même de Laure, il y avait une étonnante vigueur physique.

Elle avait fait ses preuves. Les hasards de sa vie d'aventures l'avaient mise bien des fois en face d'une arme.

Elle était avertie et en garde : sa main droite, cachée dans les plis de sa robe, serrait la crosse d'un mignon revolver apporté d'Amérique.

Mylord s'arrêta à deux pas d'elle et il était temps.

Leurs regards s'entrechoquèrent. Ils étaient braves tous les deux, la femme plus encore que l'homme.

Mais l'homme avait le vent, le sort, ce je ne sais quoi qui porte.

La femme était vaincue d'avance.

Mylord dit :

— Pourquoi vous tuerais-je ? Les autres me gênaient. Au contraire, j'ai besoin de vous.

Il fit un pas de plus; elle lui présenta son pistolet entre les deux yeux.

Mylord sourit et recula du pas qu'il avait fait, — ni plus ni moins.

— Vous ne voulez pas me croire, reprit-il : vous savez pourtant bien que j'ai horreur du mensonge, qui est un péché. Maintenant que François Preux est muet pour toujours, je suis seul au monde à savoir ce qu'est devenue votre fille.

Laure changea de visage, mais son arme ne s'abaissa point.

— Vous l'avez vue aujourd'hui, poursuivit Mylord.

— Aujourd'hui! répéta Laure, comme un écho. Peut-être comprenait-elle déjà, car elle chercha son souffle qui la fuyait, et sa paupière pesante descendit au devant de son regard.

Ce ne fut qu'un instant, mais ce fut assez.

Le revolver avait changé de main.

Laure tomba, brutalement terrassée.

La bougie éteinte laissa le corridor dans l'obscurité. Mylord poursuivit :

— Si vous n'aviez pas vu votre fille, je vous aurais épargnée, car je ne connais pas une femme qui vaille autant que vous.

Laure avait les deux mains dans un étau, et un genou sur sa poitrine.

— Mais, poursuivit encore Mylord, vous auriez su un jour ou l'autre le vrai nom de celle qui est morte brûlée dans la chambre ronde.

— Charlotte! fit Laure en un râle : si belle! si

noble! si bien aimée! ma fille! Charlotte que j'ai laissé mourir! Charlotte était ma fille!

— Et vous l'auriez vengée, acheva Mylord.

Laure tenta un effort de lionne et Mylord fut secoué par cette grande convulsion.

Une lutte courte, mais terrible eut lieu.

Puis Mylord passa son chemin, laissant derrière lui la nuit et le silence.

Une fois dans le vestibule, il frappa trois maîtres coups à la porte de la chambre aux portraits.

— Est-ce vous, Giambattista? demanda le marquis à l'intérieur.

— Non, répondit Mylord d'une voix forte, c'est Domenico-Maria Sampiétri, prince Paléologue et comte de Sampierre. Ouvrez à votre fils, mon père.

L

LE BAISER DE MYLORD

Au moment où Mylord appela de l'autre côté de la porte, le marquis Giammaria était seul auprès de sa malle faite et fermée. Sur la table, à côté de lui, il y avait un passeport pour l'Angleterre. Il attendait son fidèle Pernola qui allait partir avec lui.

Selon l'idée de Pernola, le départ devait avoir lieu en effet, mais le but du voyage n'était pas le même pour les deux voyageurs.

Pernola comptait fuir à l'étranger avec son opulent portefeuille et envoyer beaucoup plus loin son noble parent, désormais inutile.

Nous savons que ce bon Pernola était parti le premier, et bien à contre-cœur, précisément pour l'endroit où il voulait dépêcher le marquis.

Celui-ci, en attendant l'heure de se mettre en route, étudiait un traité de médecine, et repassait la série des observations relatives à la section des deux carotides.

Son entrevue avec Édouard avait violemment réveillé sa manie.

A l'appel de Mylord, il brandit son livre et s'écria :

— Cette fois, je vais confondre l'imposteur.

Il ouvrit. Mylord entra, le chapeau sur la tête et il dit :

— Mon père. Vous croyez m'avoir tué. L'intention vaut le fait. Je vous déteste, mais je suis vivant : regardez.

Le marquis resta bouche béante à l'examiner.

— Un autre ! balbutia-t-il après un silence ; celui-là ne ressemble pas à Roland, ni à Domenica, ni à personne !

— Je vous détesterai toujours, reprit Mylord, il faut que vous sachiez bien cela, mon père. Et si j'ai poignardé tout à l'heure Pernola, le scélérat qui voulait vous assassiner, c'est qu'il emportait mon héritage. Voici notre bien.

Il jeta le portefeuille gonflé sur la table, auprès du passeport.

Le marquis demanda :

— Est-ce par suite de la blessure que vous portez la tête penchée ?

— Je vous conseille, répliqua Mylord, dont l'œil se fit menaçant, de ne jamais me parler de la blessure, ni de ma tête penchée si vous voulez vivre longtemps !

Le marquis baissa les yeux d'un air pensif.

— Si l'enfant vit, murmura-t-il, c'est ainsi qu'il doit parler. L'autre ne mentait pas bien... mais je l'aurais aimé.

Il n'y avait d'autre émotion sur ses traits qu'un reste de surprise, et sa pensée travaillait froidement.

— Alors, reprit-il, vous avez mis à mort Giambattista ? C'est affaire entre vous et la loi. Que voulez-vous de moi ?

— Je ne veux rien de vous, répondit Mylord, je veux tout de mon droit. Les membres de votre conseil sont assemblés. Je vais me faire reconnaître. Venez avec moi si vous voulez.

M. de Sampierre sembla hésiter.

— J'étais accoutumé à Giambattista, murmura-t-il sans souci d'être entendu. L'autre imposteur l'avait accusé aussi de vouloir m'assassiner... et princesse Charlotte lui attribue la mort de Roland. Je ne sais pas ce qu'il faut croire. Il venait de Sicile... Son idée pour le notaire Rondi était bonne.

Il passa sa main sur son front et ajouta :

— Est-il bien mort ? Je voudrais le voir.

Mylord répondit :

— Venez, c'est votre route.

Il prit le flambeau qui était sur la table et sortit. M. de Sampierre le suivit.

Ils traversèrent ensemble le vestibule et les deux pièces dont il a été parlé : la chambre de Pernola et celle du médecin empoisonneur Leoffanti. Aux premiers pas qu'ils firent dans la galerie, Mylord s'arrêta pour éclairer le cadavre de Laure.

Elle était couchée tout de son long et admirablement belle dans la mort.

— Qui est cette femme ? demanda M. de Sampierre, et pourquoi l'avez-vous tuée ?

Mylord prit à terre un stylet baignant dans le sang. Il le tendit au marquis qui détourna la vue en disant :

— L'arme est sicilienne, c'est vrai, et Giambattista venait de Sicile... Pourquoi a-t-il tué cette femme ?

— Cette femme, dit Mylord, avait nom Laure-Marie Paléologue. C'est à elle que l'aîné de Tréglave avait confié le secret de la marquise Domenica, ma mère.

— Tréglave, répéta M. de Sampierre dont l'œil éteint eut un éclair.

Mylord poursuivit sa route et arriva à la petite pièce qui communiquait avec la grotte.

— Vous avez voulu voir, voyez ! dit-il en s'arrêtant devant le lit.

Perriola, mort en se débattant, était comme roulé sur lui-même. Sa chemise et son pantalon blanc avaient d'énormes taches rouges.

Le marquis prit le flambeau des mains de Mylord et regarda.

— J'étais habitué à lui, prononça-t-il doucement. Il a vécu vingt-cinq ans près de moi sans m'empoisonner... Tu as frappé deux coups, je suis médecin : le premier suffisait.

Il rendit le flambeau, en ajoutant :

— Montre-moi ta blessure. Tu es peut-être mon fils !

Mylord eut un ricanement et demanda :

— Est-ce que votre cœur parle, mon père ?

— Non, répondit M. de Sampierre. Quelque chose m'éloigne de toi. C'est l'autre que j'aurais choisi.

— Parce qu'il vous ressemble ? reprit Mylord brutalement : Moi, je ne vous ressemble pas, mais c'est égal, je suis votre fils et vous le verrez bien ! Vous n'aurez plus de conseil ni de tutelle, c'est moi qui vous gouvernerai... tout seul ! Regardez ma gorge, si cela vous amuse : j'ai d'autres preuves et d'autres témoins.

Il arracha sa cravate blanche qu'il froissa et jeta loin de lui en ajoutant :

— Ma toilette ainsi sera faite d'avance pour entrer au conseil de vos tuteurs, où ma mère m'attend.

M. de Sampierre écarta le col de la chemise. En se penchant pour examiner mieux, il appuya sa main par mégarde sur l'épaule déjà roide de Pernola. Il ne retira pas sa main.

— Oh ! oh ! fit-il, voilà qui change la thèse. La cicatrice est moins large. La grande carotide n'a pas dû être lésée ; l'autre... il y a doute. Ayez la bonté de lever un peu le flambeau, mon jeune ami, ceci est intéressant et curieux.

Il touchait, mesurait, examinait avec une ardeur, on peut le dire, toute scientifique.

— Mon ami, je vous remercie, dit-il en se redressant. Je suis avant tout un grand médecin. Je n'affirme rien, mais il n'y a pas impossibilité absolue. Il se peut, à la rigueur, que vous soyez l'héritier de Sampierre !

Mylord haussa les épaules et tourna le dos, disant :

— C'est bien un pauvre homme que celui qui essaye de tuer un enfant naissant et qui ne peut pas ! Je ne vous hais plus, je vous méprise ; venez !

Il ouvrit la porte de la grotte. M. de Sampierre le suivit la tête basse et l'esprit troublé.

Il pensait :

— Celui-là est dur comme le châtiment : ce doit être *lui* !

Aussitôt qu'ils eurent passé le seuil, l'air humide les frappa au visage, et à mesure qu'ils avançaient, cet air humide s'imprégnait d'une intolérable odeur tiède et douce.

A l'endroit où le couloir débouchait dans la grotte, Mylord s'arrêta de nouveau. Il dit :

— Voici le lieu où nous avons livré bataille pour vous, mon père.

C'était, en effet, comme on se représente un coin, pris au hasard, dans un champ de carnage. Cinq cadavres étaient étendus dans la poudre grisâtre, entre le mur, tout brillant de salpêtre et le bassin à demi desséché.

Mœris et Moffr y avaient été frappés en pleine poitrine.

Entre eux, le bandit Lamèche gisait la nuque fracassée.

Le corps du Poussah, couché sur le ventre, formait une masse énorme, sa main gauche déchirait la terre, cette terre du domaine de Sampierre qu'il avait si ardemment souhaitée ! sa main droite se crispait dans la chevelure crêpue du Hotteux dont il avait écrasé la tête contre le rebord du bassin.

Au-dessus de ce massacre, les stalactites maçonnées à la voûte pendaient piteuses et pleurant l'eau jaunâtre des infiltrations.

C'était Mylord qui avait donné la consigne aux quatre *pratiques* et cette consigne était double : outre capitaine Blunt, elle condamnait aussi le Poussah, Mœris et Moffray : place nette !

— Je ne connais pas ces hommes, dit le marquis,

dont la voix chevrota cette fois : c'est trop... c'est horrible !

Il avait de la glace dans les veines.

— Pernola, répondit Mylord, avait dit à ces hommes que le pavillon renfermait un immense trésor, gardé par un vieil enfant, incapable de se défendre. Ils venaient vous tuer; moi, je vous ai défendu.

Son regard, cependant, interrogeait l'ombre environnante, il semblait chercher avec inquiétude une chose qu'il ne trouvait point.

— Il paraît que j'ai échappé à un grand danger, murmura M. de Sampierre. Je comprends maintenant pourquoi Giambattista m'avait fait revenir ici. Voilà longtemps que le notaire Rondi est au cimetière de Catane, mais Giambattista savait attendre. Dès qu'il a eu mes signatures...

Il s'interrompit pour relever sur Mylord un regard où il y avait de l'effroi et du respect.

— Étiez-vous donc seul contre tous ces morts ! demanda-t-il. J'ai ouï dire que nos aïeux étaient des géants, mon fils Domenico.

— Non, répliqua Mylord, nous étions deux. Venez.

Il avait aperçu une ombre couchée, à une vingtaine de pas, en remontant vers l'entrée de la grotte qui donnait sur les bosquets.

Il marcha vivement de ce côté, toujours suivi par M. de Sampierre.

C'était encore un cadavre, mais autour de celui-là le combat avait dû être terrible. La terre, à une grande distance, était labourée de piétinements et toute diaprée de taches sanglantes.

Le mort était renversé sur le dos, les bras étendus en croix. Il avait dans sa main droite un de ces couteaux mexicains qui portent le nom de *machete*, et dont la lame restait noire dans toute sa longueur.

A mesure que la lumière approchait, on reconnaissait mieux l'énergique et bonne figure du capitaine Blunt, avec ses noirs sourcils et ses cheveux grisonnants, touffus et ras comme un velours. Deux couteaux restaient fichés dans sa large poitrine. Au pied d'une roche derrière laquelle ils s'étaient, sans doute, embusqués avant la bataille, Frotin et Renaud, les derniers soldats du Poussah, gisaient l'un sur l'autre.

Ils avaient tous les deux la tête fendue.

— Voici celui qui était un géant ! dit Mylord avec emphase, voici mon vrai père ! mon vaillant bienfaiteur : Laurent de Tréglave !

Il s'agenouilla auprès de capitaine Blunt, deux fois poignardé, et lui tâta le cœur.

— Il est mort ! prononça-t-il tout haut : Tréglave est mort et je n'ai pu le sauver !

Mais tout bas, il ajouta en un blasphème :

— Le chien maudit ! Son cœur bat encore !

— Oh ! oh ! fit M. de Sampierre en se hâtant : Tréglave mort ! Je veux voir cela !

Il regarda le cadavre d'un œil haineux, et raillant pour la première fois peut-être de sa vie, il murmura :

— Rien que deux couteaux ! Il manque un des trois glaives de son blason !

Allez ! ordonna Mylord avec un mépris indigné : Je ne veux pas lui donner le dernier baiser devant vous.

M. de Sampierre passa rendu déjà à son indifférence.

Mylord arracha le couteau que tenait la main du capitaine Blunt et le lui planta dans le cœur.

— Il a ses trois glaives, maintenant, le compte y est ! dit-il en jetant le flambeau qui s'éteignit.

Il rejoignit le marquis à l'entrée de la grotte.

Au moment où tous les deux s'engageaient sous le bosquet, un homme et une femme sortirent de l'une des anfractuosités factices que l'architecte de la grotte avait pratiquées dans les parois.

La femme découvrit une petite lanterne, cachée sous sa mante. A cette lueur, nous eussions reconnu l'aveugle de la cité Donon : celle qui avait nom autrefois Phatmi.

— Fils, dit-elle à son compagnon qui pleurait, notre Eliane est dans le ciel. Que sa dernière volonté soit faite. Cherche celui qu'il a frappé trois fois.

Joseph Chaix prit la lanterne. Son cœur se soulevait en sanglots.

L'aveugle et lui s'agenouillèrent auprès de capitaine Blunt. Phatmi, après avoir tâté ses traits, dit :

— Je reconnais Tréglave !

Elle déboucha une fiole qui répandit une odeur violemment aromatique et baigna d'abord les trois blessures, puis elle laissa tomber deux ou trois gouttes du liquide entre les lèvres du capitaine.

LI

ON ORGANISE LE COTILLON

Il était deux heures après minuit, et vraiment, la fête de la marquise Domenica se comportait comme il faut. On n'avait pas trop chanté, et d'ailleurs les contre-amateurs de musique gardaient le refuge du jardin où chacun pouvait se mettre à l'abri ; on avait beaucoup dansé.

Le Tout-Paris un peu mélangé qui s'amusait là, libre comme au Pré-Catelan et qui n'avait même pas payé son entrée, avait de la bienveillance plein l'estomac.

On n'en voulait presque pas à ces fabuleux Valaques d'Italie qui étaient assez riches pour se montrer aussi hospitaliers que la place publique — au temps lointain où les rois de France, pour le jour de leur naissance, changeaient en vin d'Arbois l'eau qui coule tous les autres jours de l'année par le robinet des fontaines.

Les buffets étaient servis avec une abondance splendide. On y prodiguait du meilleur, et la foule gorgée ne gardait pas rancune aux fastueux amphytrions qui l'humiliaient de tant de magnificences.

Pourtant, nous ne voudrions pas prétendre que le pardon fût complet.

Le monde (le vrai, cette fois, et le grand : celui qui est composé de tous les faux mondes et de tous les petits mondes classés par l'orgueil des vainqueurs et la rage des vaincus) le monde a ses rapporteurs comme le mieux servi de tous les journaux à sensation.

Je vous demande bien pardon de ne pas écrire *reporter*, je sais l'anglais assez pour aimer le français.

Il y avait des bouffées de cancans qui allaient et venaient à travers les salons comme autour des corbeilles.

Tout le monde ne danse pas. Il y a même des malheureux qui ne se rafraîchissent jamais. Ceux-là causent implacablement.

Par rafales, le vent des vieilles histoires soufflait.

Çà et là, on racontait, avec plus ou moins d'exactitude, le drame ténébreux joué à l'hôtel Paléologue en la nuit du 23 mai 1847.

Et chacun se promettait, à la prochaine occasion, de regarder mieux la grande vieille maison de la rue Pavée, bâtie au temps de la Saint-Barthélemy pour le bâtard d'un roi.

Puis, passant aux choses plus récentes, on rappelait la mort malheureuse de l'héritier unique de Sampierre, et les efforts romanesques de cette pauvre femme, dont le mari était fou, pour retrouver l'enfant disparu depuis tant d'années.

On souriait avec miséricorde : chacun pensant

toutefois qu'il eût employé plus utilement l'argent prodigué à cette recherche extravagante.

Puis encore, on arrivait aux événements d'hier : à ce meurtre qui avait eu lieu là-bas, au bout de la pelouse, de l'autre côté du saut de loup, dans la cité Donon.

Vous savez le succès qu'obtient tout mystère de Paris à Paris. Paris n'avait jamais ouï parler du Trou-Donon avant ce soir. Le Trou-Donon, ce soir, faisait fureur.

On organisait des caravanes de découverte pour revenir le lendemain et visiter le Trou-Donon en détail.

Et le pavillon Roland ! Il y avait eu des curieux pour se glisser dans les massifs. Ils avaient été arrêtés par la barrière en treillage de fer, et aussi par je ne sais quelle frayeur ; car ce grand bois silencieux était si noir, surtout quand on sortait de l'éblouissement des parterres !

Sait-on comment les bruits filtrent ? Le réservoir principal des bruits est toujours à l'office.

Chez cette pauvre bonne Domenica, la distance qui séparait certains porteurs d'invitation de l'antichambre n'était pas bien large, et Mlle Coralie avait presque des amies dans les quadrilles.

A un certain moment, et partout à la fois, le passé fit silence devant le présent.

On se mit à parler de M. le marquis de Sampierre, arrivé aujourd'hui même, avec pompe, et caché depuis lors à tous les yeux.

On parla de ces étrangers, tous princes, tous

vieillards — et tous inconnus — qui s'étaient réunis dans la journée chez la marquise, et qu'on avait introduits, ce soir, un à un, dans une pièce du premier étage, sans leur faire traverser les salons, livrés au public.

Certes, ceux-là n'étaient pas venus pour la fête.

Enfin, de groupe en groupe, un nom courait, le nom d'un personnage...

Quel que soit le vrai nom de ce personnage, vous admettrez bien avec moi que notre M. Morfil est à la fois l'homme le plus mystérieux et le plus célèbre de Paris.

Les uns prétendent que M. Morfil est sorcier, les autres affirment qu'il est myope à ne pas distinguer le bout de son nez en plein midi.

Le pour et le contre sont du reste assez bien établis par un grand nombre de faits qui semblent authentiques au même degré.

Moi, je pense que M. Morfil, comme tous les héros légendaires, s'appelle en réalité : Légion.

Ils sont plusieurs, ils sont beaucoup.

Il y a, dans le tas des « messieurs Morfil », des besicles troubles et des yeux de basilic.

Le fait est que personne ici n'avait jamais eu le compromettant honneur de se rencontrer avec M. Morfil et que, pourtant, nombre de gens l'avaient reconnu, en tenue de bal, ma foi, au salon, au jardin, et encore ailleurs, suivi à distance par quelques gentilshommes spéciaux dont la physionomie ne laissait rien à désirer.

Qui qu'en grogne, comme disait la forte duchesse

Anne de Bretagne, au bas de ses rescrits, je préfère généralement la police à ceux qu'elle surveille, mais, bien loin de m'en vanter, je dissimule avec soin mon opinion, sachant que le public, mon maître, se met obstinément et toujours du côté de Fra-Diavolo contre les carabiniers. Les belles dames, surtout, ne s'intéressent jamais qu'aux brigands.

Que faisait là M. Morfil ? M. Morfil n'est pas un danseur.

La religion de Mlle Coralie, déjà nommée, est répandue plus qu'on ne pense : il y avait là une imposante minorité de consommateurs qui espéraient positivement « du grabuge ».

On s'amusait, néanmoins, et même d'autant plus à cause de cela. Les valses succédaient aux polkas, selon l'ordre légitime, et l'on commençait à comploter un cotillon.

Vers deux heures du matin, Mme la marquise de Sampierre, qui s'était jusqu'alors tenue à son poste, s'éclipsa tout à coup.

Les observateurs avaient pu remarquer que, pendant sa longue faction de maîtresse de maison, elle avait eu l'air inquiet. Ses regards cherchaient sans cesse quelqu'un dans la foule.

Deux ou trois petits jeunes gens, disposés à la mauvaise plaisanterie, prétendaient qu'elle les avait magnétisés en passant, leur montrant d'une façon très ostensible une grosse bague chevalière en or qu'elle portait au seul de ses dix doigts qui ne fût pas chargé de diamants.

L'un d'eux même allait jusqu'à dire qu'elle lui

avait fait signe d'approcher en l'appelant tout bas *Domenico...*

Invitez donc ces petits effrontés !

Un quart d'heure après le départ de Mme la Marquise, une rumeur se répandit et obtint un succès de curiosité.

Vers la lisière de la fête éclairée, dans l'espace dévolu au crépuscule qui était entre les lumières du bal et la nuit des bosquets, on avait vu passer deux hommes qui formaient assurément un singulier couple.

L'un d'eux, beau vieillard à cheveux blancs comme la neige, portait un costume de voyage, élégant et correct, avec sac de maroquin en bandoulière et bottes montantes. Il avait néanmoins la tête nue.

L'autre, un tout jeune homme de jolie figure, avait la tenue de bal, mais en grand désordre.

Son aspect parlait de lutte. Autour de son cou, fortement incliné vers l'épaule droite, la cravate manquait et sa chemise était ouverte.

Ceux qui se trouvaient à portée les avaient vu marcher côte à côte lentement et sans se parler.

Ils avaient fait le tour de l'aile gauche et s'étaient introduits à l'hôtel par l'escalier particulier de M. le comte Pernola — que chacun s'étonnait bien, entre parenthèses, de n'avoir pas aperçu de la soirée.

Un si charmant danseur ! et qui jamais ne manquait aux fêtes de sa noble cousine !

Nous laisserons le Tout-Paris de Mme la marquise arranger le cotillon, si c'est son attrait, pour suivre le vieillard et le jeune homme : M. de Sampierre et Mylord qui se rendaient au tribunal de famille.

Ils ne rencontrèrent personne dans l'escalier, personne non plus dans les corridors. Toute la partie de l'hôtel réservée à l'habitation de la marquise était déserte.

Depuis qu'on avait quitté le jardin pour passer le seuil de la maison, M. de Sampierre, qui connaissait les êtres, marchait le premier. Il gardait, en apparence, cette froideur hautaine qui déguisait si étrangement sa faiblesse, mais, par le fait, il y avait tempête dans son pauvre cerveau.

Il ne savait plus bien ce qu'il allait faire.

Deux figures restaient devant ses yeux : Tréglave et Giambattista. Des autres morts, il établissait laborieusement le compte, et il pensait :

— Mon fils me hait ; Mon fils me reprendra son sang. Il sait tuer. J'ai peur de lui, et c'est à cela que je le reconnais...

Il eut comme un soulagement à la vue de deux valets, placés en manière de sentinelles devant une grande porte qui marquait le milieu du corridor principal du premier étage; la porte de son ancien appartement à lui, Giammaria.

Les deux valets se trouvaient être les Italiens Lorenzin et Zonza. Ils avaient été placés là, nous pouvons bien le deviner, par le comte Pernola qui voulait avoir des nouvelles promptes et certaines du conseil auquel on ne l'avait point convoqué.

M. de Sampierre s'arrêta et dit :

— C'est ici.

Mylord passa devant aussitôt. Il marcha droit aux deux valets. M. de Sampierre ralentit le pas.

A la vue de ce jeune homme inconnu dont les vêtements et la chevelure étaient en un complet désordre, les deux Italiens barrèrent la porte.

— Que voulez-vous ? demanda Lorenzin.

— Je veux entrer et assister à la réunion des parents de Paléologue et de Sampierre, répondit Mylord. J'ai droit, on m'attend.

— On n'attend plus personne, répliqua Zonza. L'héritier de Sampierre et de Paléologue vient d'être introduit à l'instant : retirez-vous.

Mylord eut un sourire et pensa :

— Nous étions donc trois!... Ce ne peut être l'Américain Blunt, puisque je l'ai tué.

Pas un nuage ne monta à son front. D'avance et quelle que fût la pauvre barrière qu'un compétiteur de bas étage pouvait lui opposer, il se sentait vainqueur.

Aussi bien, pourquoi ne pas l'avouer ? Il songeait à Jabain, le soldat du Poussah, qui portait la troisième cicatrice. Et que pouvait-il craindre de Jabain ?

Il se retourna et dit :

— Mon père, ordonnez à ces valets de faire place.

Lorenzin et Zonza n'avaient pas même pris garde au marquis. En le voyant, ils s'écartèrent avec cette grande affectation de respect à laquelle Pernola les avait habitués — et la porte fut aussitôt ouverte.

LII

TRIBUNAL DE FAMILLE

C'était une vaste pièce, haute d'étage, éclairée par un grand lustre en doré mat, dont la forme lourde accusait la date. La pendule et les candélabres fort riches, mais pareillement laids, rappelaient aussi les premières années du règne de Louis-Philippe.

Les meubles, un peu plus anciens, mais non moins disgrâcieux, dénonçaient la fin de l'Empire ou le commencement de la Restauration : velours d'Utrecht à ciselures, liserés étroits de soie mêlée, forêt de pieds grêles qui tous représentaient des serpents.

Aux boiseries peintes en blanc avec trophées de lyres, de bandelettes et de pipeaux, pendaient six tableaux, offrant aux regards six sujets de tragédies froids comme des vents coulis.

Dans ce décor vieillot, mais qui n'était pas sans respirer une certaine fierté, des personnages également vieux, pour la plupart, se groupaient.

Le tableau, du reste, valait mieux que le cadre.

Il y avait quelque majesté dans le groupe formé par les représentants de ces races antiques qui avaient été le bas-empire en Orient, dans l'Occident le dernier ressouvenir de la chevalerie.

Alexis Commène était un beau Roumain; Le Lusignan, descendant des rois de Jérusalem et de Chypre, avait une noble prestance. Le Rohan de Hongrie était superbe, le Moldave Courtenay portait haut comme un petit cousin qu'il était de Bourbon et de Bragance; le patriarche Ghika étalait en éventail une barbe blanche absolument magnifique.

Au milieu du cercle formé par cette « figuration » imposante, la marquise Domenica, toute resplendissante de diamants, semblait avoir recouvré, dans la profondeur de son émotion, sa beauté d'autrefois et comme une auréole de jeunesse.

Nous aurions dû dire cela tout de suite peut-être : il y avait auprès de la marquise deux chers enfants : princesse Charlotte, sa fille d'adoption, qu'elle avait cru perdue, et son fils, tant et si longtemps cherché, son Domenico bien-aimé.

Tel fut le spectacle qui s'offrit aux regards de Mylord quand il passa le seuil après avoir écarté la résistance de Lorenzin et de Zonza.

Il vit deux fantômes : ses deux premières victimes : Edouard et Mlle d'Aleix qu'il croyait ensevelis sous les décombres de la chambre ronde, à Ville-d'Avray, chez Mme Marion.

Et Charlotte venait justement de raconter au milieu d'un silence étonné, les détails de cette sauvage tragédie, avortée par miracle.

La bonne marquise écoutait bouche béante, admirant son fils qu'elle n'avait pas encore osé serrer dans ses bras.

Il y avait bien en elle un doute qui voulait naître : Laure « endormie, » lui avait parlé, ce soir d'assassinat et d'incendie. Laure avait accusé Charlotte; Laure avait dénoncé un imposteur...

Mais les impressions de la pauvre marquise étaient plus fugitives que celles d'un enfant.

Et ce beau jeune homme ressemblait si bien à son rêve!

Charlotte achevait son récit. Elle avait dit ses transes de la dernière semaine, les offres d'alliance à elle faites par Pernola, l'instinctive terreur que lui causait la conspiration, double assurément, peut-être triple, de tous ces gens, acharnés autour de la fortune de Sampierre.

Elle avait dit aussi comment elle connaissait le lugubre secret de famille : bien des rumeurs étaient parvenues jusqu'à elle, mais elle avait tout deviné, un jour que son pieux souvenir l'amenait au pavillon, dans la chambre où était mort l'ami d'enfance : le jeune comte Roland.

C'était lors d'un séjour de M. le marquis à Paris : le quatrième portrait était là, faisant pendant à celui de M. de Sampierre.

Dans ces deux cadres, l'histoire de la nuit du 23 mai parlait.

Le portrait de gauche tenait l'arme, le portrait de droite montrait la blessure.

Charlotte avait dit encore comment elle avait retrouvé cette cicatrice, transportée de la toile sur le vif, le soir où Edouard Blunt, blessé, s'était évanoui dans la maison de l'aveugle.

Elle avait dit enfin les efforts et les angoisses de sa dernière journée, le jeu de Pernola, l'entêtement scientifique du marquis et la tentative désespérée qu'Édouard et elle avaient osée à Ville-d'Avray pour opposer au moins l'un à l'autre les deux groupes de conspirateurs.

Elle était femme. Dans ce rapide abrégé, elle évita d'instinct tout ce qui pouvait soulever des doutes dans l'esprit de la marquise, tout ce qui nécessitait des explications ou des preuves : aussi garda-t-elle le silence sous le double rôle joué par Mme la baronne de Vaudré.

Elle dit seulement l'aventure toute nue : la chambre ronde transformée en prison; les deux portes, barricadées d'abord, puis embrasées, et l'incendie qui semblait tomber du ciel par la coupole brisée.

Ils étaient là tous deux, dans cette fournaise, Édouard et Charlotte, attendant la mort inévitable, car ils avaient compris que l'incendie avait été allumé volontairement.

Leurs cris ne pouvaient être entendus que par les assassins.

Ils avaient déjà dit le dernier adieu à la vie, lorsque le salut leur arriva, aussi soudain, aussi imprévu que l'avait été le danger.

On a beaucoup médit des petites maisons ou folies, machinées au dix-huitième siècle pour la féerie des soupers d'amour. On a eu raison, sans doute, mais, pour une fois, ces cordes et ces poulies de perdition servirent à une œuvre providentielle.

Au centre de la chambre ronde, une trappe primitivement destinée à faire monter, des cuisines, la table toute servie du traitant Gaucher, et qui ne s'était pas ouverte depuis cent ans, peut-être, souleva son large panneau. La tête de Vincent Chanut apparut, toute noire de poussière, montrant ainsi une issue par où nos amants purent s'échapper, — et l'incendie ne détruisit en réalité que des murailles.

Heureuse époque que la nôtre ! Et régénérée par la pudeur ! On n'y connaît plus ces petits monstres de maisons ! Nous avons, il est vrai, en échange... Mais j'ai parlé ailleurs du théâtre à bascule.

Pour ceux qui nous reprocheraient de n'avoir pas prononcé le nom de l'excellente dame Savta dans cette explication, fournie au galop de la plume, nous constaterons qu'à son retour, creusée par le péril, elle s'était réfugiée dans sa chambre avec une volaille, un pâté, une mayonnaise et un seau de glace, muni de sa bouteille frappée.

Et maintenant, revenons à Mylord, que vous vous représentez sans doute épouvanté et désarçonné à l'aspect de ces deux revenants dont la présence seule était pour lui un coup si terrible.

Mylord avait fait de bonnes études. Il tenait du docteur Jos. Sharp des principes solides et sûrs. Il savait que les combinaisons les mieux préparées rencontrent des obstacles et que nulle route n'est sans fondrières

Prétendre qu'il ne reçut pas un choc violent serait mensonge, mais nous affirmons qu'il n'en parut rien.

Il était entré le premier. Changeant instantanément sa mise en scène, il s'arrêta près du seuil et s'effaça pour laisser passer le marquis Giammaria.

— Entrez, mon père, dit-il : nous ne sommes pas au bout. L'imposture a pris les devants !

En ce moment, Édouard et Charlotte que la stupeur avait rendus muets d'abord, le désignaient du même geste et disaient ensemble :

— C'est lui ! c'est l'assassin !

Domenica, effrayée, ouvrit de grands yeux. Elle rencontra le regard fixe et hardi de ce pâle jeune homme au col nu, aux cheveux épars, dont la tête se couchait presque sur son épaule.

Elle se souvint des paroles de Laure, qui avait décrit d'avance cette tête inclinée. Un doute entra en elle, et du premier coup la mit à la torture.

Tous les membres du conseil se levèrent à la vue du marquis.

Ce mouvement et la réception qui fut faite à M. de Sampierre par ses nobles parents, donnèrent à Mylord un instant de répit. Il en profita.

Comme Domenica ne pouvait détacher de lui son regard, il lui montra de loin et d'un geste impérieux M. de Sampierre· Celui-ci venait à elle et s'inclinait, sollicitant sa main à baiser.

Domenica donna sa main, mais ne détourna point ses yeux qui semblaient rivés au regard de Mylord.

— C'est mal ! prononça-t-il très bas : la femme se doit à son mari, même avant de se devoir à son fils !

Et se mettant en marche d'un pas délibéré, il vint droit à la marquise dont il prit la main.

C'était la main qui avait la bague chevalière en or. Comme l'avait prédit Laure : *il venait à la bague.*

— Elle m'a attiré de bien loin, murmura-t-il en baisant l'écusson aux trois glaives. La vérité triomphera, car Dieu le veut.

Puis il ajouta tout haut en se redressant :

— Ma mère, je vous reconnais et je vous salue !

C'étaient les propres paroles annoncées par le sommeil de Laure.

— C'est lui ! répéta Edouard : c'est l'incendiaire et l'assassin !

MM. de Rohan et de Courtenay le contenaient car il avait fait un mouvement pour s'élancer,

Mylord croisa ses bras sur sa poitrine.

— Je croyais, dit-il sans élever la voix et en mettant son regard froid entre les deux jeunes gens, que ma vue vous aurait fait rentrer sous terre. C'est vous qui êtes les incendiaires, c'est vous qui êtes les assassins ! Vous avez sur moi sans doute l'avantage de l'habileté et de l'endurcissement. Vos moyens sont préparés. Vous avez volé mes preuves, vous avez mis à mort mes témoins...

— Oh ! Madame ! Madame ! s'écria Charlotte. Un miracle de Dieu n'a pu sauver votre fils pour le jeter en proie à ce monstre !

— Tout ce que Laure avait annoncé arrive! murmura la marquise. C'est trop, c'est trop pour moi!

Puis elle ordonna tout à coup :

— Qu'on cherche madame la baronne de Vaudré! qu'elle vienne sur le champ! Je suis capable d'en mourir!

Elle chancela. Ce fut Mylord qui la soutint dans ses bras.

Edouard ne se débattait plus. Il dit à Charlotte amèrement :

— Si vous m'aviez cru, nous serions loin d'ici.

Ce mot fut entendu et interprété.

Les membres du conseil entourèrent M. de Sampierre.

Mylord mit sa bouche tout contre l'oreille de la marquise qui se redressa tremblante et balbutia :

— Laure est morte! avez-vous dit cela! Laure qui était ici tout à l'heure!

Charlotte était la vaillance même. Elle se révoltait contre ces choses extravagantes et impossibles comme un mauvais rêve. Elle fit un pas en avant, mais la marquise, énergique pour une fois, l'arrêta d'un geste qui valait une malédiction.

— Laure m'avait tout dit, prononça-t-elle avec une véritable horreur. Ah! malheureuse! malheureuse! Est-ce ainsi que vous avez payé mes bienfaits!

— Messieurs et honorés parents, disait pendant cela le marquis d'un ton grave, je ne suis pas fou, je n'ai jamais été fou. J'ai pris, vis-à-vis de moi-même une mesure conservatoire. En principe, mon fils cadet, Domenico, est décédé ; la science le veut ainsi, mais...

— La Providence vous l'a rendu, Giammaria ! interrompit la marquise. L'amour de sa mère l'a ressuscité !...

Elle se tut, bâillonnée par un baiser de ce fils bien-aimé ; puis Mylord marcha vers le conseil.

Il y avait dans toute sa personne une fierté décente et modeste.

— La parole n'est pas aux femmes, dit-il. Vous êtes, messieurs, un tribunal chargé de choisir entre moi et celui qui m'a tout pris, jusqu'a mon pauvre nom d'Edouard Blunt. L'un de nous deux est un criminel, l'autre est le fils de Sampierre. Interrogez-nous tous les deux et décidez entre nous.

LIII

TRIOMPHE DE MYLORD

Il y avait parmi les membres composant le conseil judiciaire du marquis Giammaria une très complète impartialité. Aucun d'eux n'ignorait que la réunion n'avait point qualité pour restituer un état civil régulier à l'héritier de deux grandes races, mais tous comprenaient et mesuraient la haute importance de la décision à intervenir.

L'avis du conseil allait conférer à l'un des deux prétendants une véritable possession d'état, entourée de formes solennelles.

L'élu entrait dans la famille par la bonne porte; l'autre, le vaincu, restait sous le poids d'accusations vaguement formulées, mais qui effrayaient l'esprit par leur terrible gravité.

C'était la marquise elle-même qui tout à l'heure, avait présenté Edouard Blunt à la famille assemblée. Son cœur de mère s'était élancé vers ce beau jeune homme qui portait la marque de sa naissance et qui ressemblait à Roland. Elle n'avait alors aucun doute.

Le conseil avait partagé du premier coup sa

croyance, et le récit de la princesse Charlotte avait achevé de porter la conviction dans tous les esprits.

Mais l'arrivée de Mylord changeait subitement l'aspect des choses. Les préparations accumulées par Laure éclataient en quelque sorte et frappaient avec une violence inouïe l'esprit de Domenica.

Tout venait selon les prédictions de la baronne.

La pauvre marquise avait bien pu oublier au premier instant les mystérieuses et profondes émotions de la matinée précédente, mais elles se réveillaient maintenant toutes à la fois, et sa conscience subjuguée écoutait avec religion la voix du souvenir.

Elle revoyait Laure, toute pâle et toute brisée, qui pliait naguère sous le poids de son pressentiment, dans leur récente et dernière entrevue; Laure, qui l'aimait, qui le lui avait prouvé, et qui était tombée victime de son dévouement.

Car Mylord avait dit : « Ils l'ont tuée ! »

Pour la marquise, à cette heure, Laure était tout; elle pensait par les seules suggestions de Laure dont la puissance était décuplée par ce fait que la mort leur imprimait son irrévocable sceau.

Ce jeune homme à la tête inclinée, Laure lui en avait fait le portrait ! Et n'était-ce pas un détail saisissant jusqu'au prodige que l'attraction produite sur lui par la bague ? Et ces paroles dites par Laure endormie et textuellement répétées par l'enfant !...

Domenica croyait. Mais comment exprimer cela ? Elle n'osait pas regarder Edouard Blunt.

Et quelque chose en elle se révoltait à l'idée de

condamner Charlotte, qui restait triste désormais et muette à ses côtés.

Edouard, lui, gardait une contenance singulière où il y avait de l'indifférence et quelque pitié. Il semblait se désintéresser de plus en plus des choses qui l'entouraient. Toute sa pensée était dans le dernier reproche adressé par lui à Mlle d'Aleix :

— Si vous m'aviez cru, nous serions loin d'ici !

Parole qui pesait contre lui dans l'opinion de ses juges.

Ceux-ci avaient repris place, présidés par le patriarche Ghika. M. de Sampierre, assis à l'intérieur du cercle, mais le plus loin possible de Mylord, affectait un grand calme, sous lequel sa fièvre perçait.

— Dans mon opinion, dit-il à demi-voix, ni l'un ni l'autre de ces jeunes gens n'est Domenico de Sampierre. Je suis en cela d'accord avec tous les auteurs. Je donnerais beaucoup pour me tromper, car si Mme la marquise retrouvait son fils, elle me pardonnerait peut-être...

— Vous pouvez en jurer Giammaria ! interrompit la marquise dont les larmes jaillirent ; mais n'arrêtez plus l'épreuve et laissez agir nos seigneurs les juges.

Le regard d'Edouard alla vers elle et il eut un bon sourire.

Le marquis cependant n'obéit pas. Il poursuivit.

— La cicatrice de l'autre jeune homme est absurde : elle blasphème la science. La blessure de celui-ci, au contraire (il montrait du doigt Mylord), ou du moins les traces de sa blessure laissent quelques doutes, au point de vue anatomique. En outre, il m'a avoué qu'il me hait : c'est naturel. Enfin, il a poignardé Giambattista...

La marquise poussa un cri et s'éloigna de Mylord, Il y eut un silence :

M. de Sampierre reprit en manière d'explication toute simple :

— Puisqu'il vient d'Amérique...

Il ajouta :

— J'ai peur de lui, j'aurais aimé l'autre, Il y a eu, cette nuit bien des morts. Faites pour le mieux : j'appellerai mon fils celui que choisira Mme la marquise : c'est décidé.

— Domenico de Sampierre ou prétendu tel, dit le patriarche Ghika en s'adressant à Edouard, vous vous êtes présenté le premier, exposez le premier vos moyens : le conseil vous écoute.

Edouard hésita. Charlotte lui dit à l'oreille :

— N'abandonnez pas votre père et votre mère !

— Est-ce mon père ? murmura Edouard, est-ce ma mère ? Seul capitaine Blunt pourrait le dire.

— Parlez, au nom de Dieu ! supplia Charlotte.

— Je parlerai donc pour l'amour de vous : Messieurs, je suis venu en France sans connaître le but de mon voyage. Je ne sais pas si j'ai droit au nom qu'on me donne ici. J'ai été élevé par un vaillant homme du nom de John Blunt ; il est mort. Son frère, capitaine Blunt, lui a succédé près de moi. L'un et l'autre ont toujours été muets au sujet de ma naissance, qui, disait-on, me faisait assez riche pour attirer sur moi de grands dangers. Les dangers sont venus malgré mon ignorance. Hier seulement, capitaine Blunt a prononcé devant moi quelques mots ayant trait à la maison de Sampierre.

— Qui donc alors, vous aurait appris votre naissance ? demanda M. de Rohan.

— Deux femmes, dont l'une est Mlle d'Aleix, et deux coups de couteau, dont l'un me fut donné par ce misérable...

Son doigt tendu désignait Mylord, qui ne broncha pas.

A son tour, le président demanda :

— Quelles sont vos conclusions ?

— Je n'en ai pas, répondit Edouard. Je voudrais protéger cette pauvre dame qui n'ose plus tourner les yeux vers moi et dont la première vue m'a fait battre le cœur ; je voudrais être de quelque service à M. le marquis, que je connais depuis plus longtemps et davantage, mais tous deux me repoussent. S'il vous plait de savoir sur moi ce que j'ignore moi-même, capitaine Blunt demeure chaussée des Minimes...

Demeurait, rectifia M. de Sampierre.

Et il ajouta pendant qu'Édouard pâlissait et tremblait :

Madame, ce capitaine Blunt était le dernier Tréglave. Le jeune homme semble ignorer cela. Notre fils me l'a montré assassiné.

— Par qui ? balbutia Édouard d'une voix étranglée.

Le marquis répondit :

— Par vous et vos complices. Mon fils l'a dit. Nous lui élèverons une sépulture convenable.

Ce fut plus rapide que l'éclair : Édouard fit un bond de bête fauve et son genou pesa sur la poitrine de Mylord terrassé.

— Mon fils! cria la marquise en s'élançant. Ils vont se tuer! au secours!

Elle prit Édouard dans ses bras. Vous eussiez dit qu'elle le pressait contre sa poitrine.

Et, en effet, quand Mylord fut dégagé, elle resta un instant entre eux, ignorant que sa pensée jaillissait de ses lèvres et balbutiant :

— Je ne sais pas! Je ne sais pas!

Édouard mit ses deux mains sur son visage. Il avait des sanglots qui soulevaient sa poitrine.

Charlotte vint à lui et le soutint parce qu'il chancelait.

Le marquis dit tout bas :

— Celui-là, je l'aurais aimé, j'en suis sûr. Pourquoi?...

Mylord s'était relevé, calme comme devant.

Le patriarche Ghika lui dit répétant les propres paroles adressées à Édouard :

— Domenico de Sampierre ou prétendu tel, exposez vos moyens, le conseil vous écoute.

Mylord salua :

— Moi aussi, j'ai un témoin, dit-il, mais on ne l'appellera pas en vain. Ma mère, envoyez, je vous prie, dans la pauvre cité qui confine au mur de votre parc. Il y a une femme aveugle qui demeure juste en face de votre porte. Vous la nommiez autrefois Phatmi...

— Phatmi ! répéta Domenica.

— Ah ! fit le marquis avec une émotion soudaine : la Tzigane ! elle doit se souvenir !

Charlotte serra la main d'Édouard, qui restait désormais immobile et impassible.

— Est-ce Phatmi qui est ton témoin, mon fils ? demanda la marquise riant et pleurant à la fois : Elle a tout vu, en effet ; elle sait tout, elle était là !

— Qu'elle vienne, répondit Mylord, vous l'entendrez.

Zonza fut aussitôt dépêché à la maison de l'aveugle.

Mylord reprit la parole, et, quoique sa cause fut gagnée d'avance, il la plaida admirablement. Il dit tout ce que l'autre n'avait pu dire, depuis la remise de l'enfant à l'homme du fiacre dans la nuit du 23 mai, jusqu'aux aventures des deux frères de Tréglave.

Laure lui avait fait la leçon complète.

Mais là où il fut véritablement magnifique ce fut dans l'explication du sanglant mystère de cette nuit, au pavillon.

Il divisa les morts en deux camps. Laure de Vaudré, capitaine Blunt, qu'il appelait toujours de son nom de Tréglave et lui, Mylord, étaient là pour sauvegarder la vie du marquis, condamné à périr. L'autre camp était composé des scélérats à gages, armés par Pernola, Édouard et Mlle d'Aleix, qu'il représentait comme associés ensemble tous les trois.

Charlotte avait embauché les serviteurs même de

la marquise : entre autres Mœris et Moffray, qui avaient payé cette trahison de leur vie.

Ce matin, même princesse Charlotte avait rendu visite à François Preux, surnommé le Poussah, banquier de leur criminelle association : on pouvait interroger dame Savta...

Mylord acheva ainsi :

— J'ai frappé, je ne m'en cache pas. Je n'ai pas même pris la peine de réparer le désordre du combat et mes mains sont encore rouges : voyez! Ceux que j'ai frappés en voulaient à la vie de mon père. M. le marquis a dit vrai, je viens d'Amérique, de cette partie de l'Amérique, où chacun met son droit sous la protection de son bras. Maintenant, je ne frapperai plus : j'ai mon bien, mon nom et mon père !

Il alla vers le marquis, dont il ouvrit lui-même le sac de voyage. Il prit le portefeuille de Pernola et le tendit au patriarche, en ajoutant :

— Prince archevêque, voilà mon dernier mot : ceci était le prix du sang de mon père. Un beau prix, vous pouvez voir. Comptez combien de millions !

Le portefeuille passa de main en main. Chacun supputa la somme énorme que Pernola avait su mobiliser, et M. de Sampierre répétait.

— Giambattista était un garçon capable. Je le regretterai.

Dans toute la force du terme, Mylord triomphait. Il était entre les bras de sa mère, qui le dévorait de baisers, en lui reprochant déjà sa froideur.

— Madame, répliqua-t-il, donnant ici à son rôle le suprême cachet de perfection ; nous reparlerons de cela. Je ne puis oublier que mon père n'a pas été heureux dans sa maison.

Domenica courba la tête.

— Alors, dit-elle, vous ne m'aimez pas, mon fils, et vous allez repousser ma prière : je voulais vous demander la grâce de ces deux infortunés...

Elle montrait Édouard et Charlotte : un groupe de marbre.

Mylord rougit comme on fait à un coup de fortune inattendu.

— Non ! s'écria-t-il, je ne vous refuserai pas. J'obéirai au premier vœu de ma mère ! Cette jeune fille qu'elle a aimée, ce jeune homme vers qui sa tendresse maternelle s'est égarée un instant, sont sacrés pour moi : ils seront libres : je le veux ! je l'exige !

Avant que le conseil pût répondre, Édouard dit :

— Je ne veux pas être libre, M. Donat, tout n'est pas fini entre nous !

Et princesse Charlotte ajouta :

— Votre témoin tarde bien à venir, n° 1 !

Le bruit de la porte, qui s'ouvrait en ce moment, couvrit une exclamation, arrachée à Mylord par ce dernier mot.

Zonza parut au seuil et dit avec un singulier accent :

— Voici l'aveugle, mais elle n'est pas seule !

LIV

LE DERNIER TÉMOIN

Vincent Chanut avait parlé. C'était chez lui, rue des Canettes, que Charlotte et Édouard avaient trouvé asile après l'incendie de la Folie-Gaucher.

Édouard et Charlotte savaient par lui l'histoire des Cinq et la biographie de Donat dit Mylord.

Au moment où le pauvre Vincent était tombé dans son propre escalier, sous le couteau du n° 1, il allait chez capitaine Blunt pour lui rendre compte des événements de la journée et l'accompagner à l'hôtel de Sampierre.

Nous savons que Blunt, trompé par un faux avis, s'était rendu, ce jour-là même, à la maison de santé du marquis, située à quelques lieues de Paris. Le soir, à son retour, il avait trouvé, dans la serrure de sa porte, le modèle de calligraphie exécuté par Mylord avec toute la sûreté de main d'un élève de Jos. Sharp, sur la carte gravée de Vincent.

L'imitation était si parfaite que Blunt, reconnaissant l'écriture de M. Chanut, n'avait pas même conçu un doute.

A l'heure dite, il se trouvait au lieu indiqué, devant le saut de loup de Sampierre, où un guide qui se recommandait, bien entendu, du nom de Vincent, lui ouvrait la petite porte du parc, pour le conduire en plein guet-apens.

Nous savons le reste. Blunt avait eu contre lui non-seulement les quatre *pratiques*, mais aussi Mœris, Moffray et le Poussah.

Il avait succombé sous le nombre après s'être défendu comme un lion.

Et certes, la bataille aurait eu un tout autre résultat, s'il eût trouvé son fidèle revolver au moment de l'attaque.

Mais son guide avait été choisi parmi les plus adroits clients du père Preux et l'escamotage du revolver faisait partie de sa consigne.

Blunt n'avait eu pour combattre que son couteau mexicain....

Un grand mouvement de curiosité s'était produit parmi les membres du conseil à l'apparition de Zonza, suivant de si près les dernières paroles d'Édouard et de Charlotte.

Zonza avait annoncé l'arrivée de l'aveugle qui, disait-il, « n'était pas seule... »

Tous les regards se portèrent vers l'entrée; chacun pressentait vaguement un coup de théâtre, et Mylord, sous son attitude tranquille, avait la fièvre du joueur qui se heurte à un « refait », quand il a risqué son va-tout.

La partie gagnée allait-elle recommencer?

Domenica, harassée d'émotions, s'étonnait d'espérer encore et surtout de craindre.

M. de Sampierre, gardant cette attitude réfléchie

qui est si étrange chez les fous, disait à ses voisins d'un ton sentencieux :

— Giambattista était très bien élevé. A seize ans, il avait déjà détruit le bonheur de mon ménage et j'aurais juré qu'il était le meilleur gardien de mon repos... En somme, qu'avait-il besoin de me tuer ? Il n'avait qu'à emporter les valeurs. Mais il était pressé ; l'âge lui venait. Je m'étais aperçu, depuis quelque temps, qu'il teignait sa moustache...

Il s'interrompit en un cri de surprise.

L'aveugle avait été introduite la première.

Au lieu de marcher vers l'intérieur de la chambre, elle s'était rangée de côté, sans donner attention à son nom de Phatmi qui avait jailli des lèvres de la marquise. Derrière elle, venait une civière que deux hommes portaient.

L'un des deux hommes était Joseph Chaix, l'autre Chopé, l'unique employé de l'administration du pauvre Vincent Chanut.

Tous deux, Joseph et Chopé, avaient les yeux gros de larmes qui ne venaient pas du même deuil.

L'un pleurait sa femme et l'autre son maître.

Sur le brancard était couché capitaine Blunt, dont la poitrine ressemblait à une cuirasse toute rouge, quoiqu'on y distinguât les circonférences élargies de trois énormes plaques de sang.

La stupeur de tous fit dans la chambre un grand silence, par-dessus lequel la voix du bal entra : musique sautante et joyeux murmures.

Edouard et la civière allèrent à la rencontre l'un de l'autre.

Capitaine Blunt avait les yeux fermés et les mains croisées sur sa poitrine. Il semblait dormir dans sa bravoure robuste et sereine.

Les deux porteurs, arrivés au centre du salon, déposèrent le brancard sur le parquet et s'écartèrent.

Mylord se trouvait a droite de la civière, Edouard à gauche. Ils s'agenouillèrent tous les deux en même temps. Et leurs regards se heurtèrent par dessus le cadavre.

— Noble ami, dit Mylord, c'est pour moi que tu as perdu la vie !

Au son de sa voix, l'aveugle tressaillit.

Edouard, lui, resta silencieux. La parole s'étranglait dans sa gorge.

Charlotte voulut s'approcher de l'aveugle qui avait repris son immobilité, mais la marquise s'appuya sur elle en gémissant :

— Mon Dieu ! mon Dieu ! celui qui ressemble à Roland n'a rien dit ! C'est toujours l'autre qui parle !

— Et toi, se reprit-elle toute frémissante en se voyant dans les bras de Mlle d'Aleix ; toi, Carlotta !... Ma tête se perd, c'est certain ! Je t'aimais tant, ma fille... Et voilà que tu me regardes avec les yeux de Laure.

— Madame, dit Charlotte, je vous ai dit la vérité, et je n'ai pas trouvé créance devant vous. A quoi bon essayer encore ?... Désormais, c'est la servante qui va prononcer l'arrêt de ses maîtres ; c'est la pauvresse qui tient en sa main les millions ; c'est l'aveugle qui va faire la lumière. Ecoutez Phatmi quand elle parlera.

Et c'était aussi le fou qui seul avait l'air de garder quelque présence d'esprit au milieu de la confusion générale. Ces braves seigneurs du conseil de famille offraient l'image du plus complet désarroi.

M. de Sampierre examinait avec beaucoup d'attention les trois taches empourprées qui teignaient toute la poitrine de Blunt, et dont les circonférences empiétaient l'une sur l'autre, comme feraient les cercles produits par trois pierres tombées dans l'eau du haut d'un pont. Il pensait :

— Avant le baiser de mon fils, il n'y avait que deux blessures. Qui donc a fait la troisième ?

Son œil clair et presque souriant fit le tour du tribunal.

Il hocha la tête et demanda paisiblement :

— Ah ça ! pourquoi a-t-on apporté ici ce pauvre M. de Tréglave ?

Joseph Chaix et Chopé restèrent muets. L'aveugle dit au lieu de répondre :

— Giammaria Sampiétri, il y a vingt ans, la nuit du mois de mai l'enfant vivait encore et criait quand je le portai au frère de cet homme mort. Et votre femme était aussi innocente que l'enfant lui-même, Giammaria Sampiétri.

— Dans l'ordre des faits scientifiques, balbutia M. de Sampierre, il y a de singulières exceptions...

Il glissa un regard vers Domenica qui écoutait de tout son être.

— C'est l'homme mort lui-même qui nous a ordonné de l'apporter en ce lieu, reprit l'aveugle. Il a pu parler; il a dit : « Vivant ou décédé, je veux rendre à Domenica Paléologue le dépôt que mon frère Jean a reçu d'elle. »

On entendait le souffle qui sortait des poitrines.

Domenica était demi-pâmée dans les bras de Charlotte.

Edouard, affaissé sur lui-même, avait sa tête tout contre le visage déjà froid de Blunt, le vieil ami qui lui avait si longtemps tenu lieu de père.

Ce fut encore Mylord qui parla ; il dit :

— Noble cœur ! sa mort ressemble à sa vie !

Comme la première fois, sa voix donna un frémissement à l'aveugle.

Elle tira de son sein une petite cassette plate, en bois noir, qu'elle ouvrit avec lenteur.

Elle la donna à Joseph Chaix qui marcha vers la marquise.

— Regardez cela, maîtresse Domenica, dit l'aveugle, et souvenez-vous !

La cassette contenait un mouchoir brodé, jauni par le temps, déchiré en deux dans toute sa longueur et maculé d'une tache noire qui avait la forme d'un croissant.

Dès que le regard de la marquise l'eut touché, elle s'écria en retrouvant toute sa force :

— C'est à moi ! je le reconnais ! je l'avais déchiré pour bander la blessure de mon petit enfant chéri !

Elle vint s'agenouiller du même côté qu'Edouard, et ce fut, certes, sans y prendre garde.

Elle porta la main du mort à ses lèvres avec un pieux respect.

M. de Sampierre eut un geste d'impatience.

— Après, bonne femme ! dit-il. Puisque j'ai un fils, je veux le connaître. Ils sont deux, et il y a deux cicatrices...

— Mère bien aimée, disait en même temps Mylord à la marquise, je savais tout cela par M. de Tréglave...

La voix de l'aveugle l'interrompit.

— Ils sont deux, répondit-elle au marquis : Je vais vous apprendre lequel des deux est l'imposteur, lequel est le vrai Sampierre. Celui qui a parlé trois fois...

Elle s'interrompit et fit un pas vers le centre de la salle ; elle semblait hésiter.

— Ecoutez ! s'écria Mylord. Celle-là va dire la vérité ! J'en fais serment !

Et, certes, il n'était pas besoin de réclamer le silence. Le vol d'une mouche eût fait bruit, au milieu de toutes ces curiosités attentives.

— Celui qui a parlé trois fois, répéta Phatmi avec un douloureux effort, est mon fils à moi, mon fils Yanuz qui a tué son père et qui va tuer sa mère avant d'aller à l'échafaud. Dieu nous a punis, Petrarki et moi, parce que nous avions fait à sa gorge cette marque qui devait le rendre riche.

Elle se tut. Il y eut un murmure parmi les membres du conseil.

Mylord dit en montrant Edouard de son doigt qui ne tremblait pas :

— C'est celui-là qui est Yanuz ! Cette femme s'est trahie : elle veut faire la fortune de son fils !

— Phatmi dit vrai ! s'écria la marquise qui jeta ses bras autour du cou d'Edouard : Voilà mon Domenico bien-aimé ! je le sais ! je le sens!... je le veux !

L'aveugle fit le tour de la civière et marcha sur Mylord qui se mit à pâlir.

L'écume lui vint aux lèvres, il murmura :

— On ne tue jamais assez...

Tout à coup, quelque chose brilla dans sa main. Il saisit le portefeuille qui restait sur la table du conseil et sauta par-dessus le brancard en brandissant un couteaau.

Il frappa. Edouard tomba, mais Charlotte, plus prompte que l'éclair, avait détourné l'arme.

Du second bond, Mylord, renversant Joseph et Chopé qui lui barraient le passage, atteignit la porte.

— J'ai les millions ! dit-il en franchissant le seuil. Bonsoir, mes parents !

Mais on le vit reculer en poussant un cri de rage.

Il y avait tout un bataillon d'agents dans le corridor.

Chopé, relevé, lui noua ses deux bras autour du corps par derrière.

— Tiens le bien, garçon ! dit la voix de M. Morfil qui perça les rangs de ses hommes et montra sur le pas de sa porte sa bonne petite figure ronde, entourée de cheveux blancs hérissés. Quel gaillard ! Depuis que je suis dans la partie, je n'ai jamais vu besogne pareille à celle qu'il a taillée cette nuit !

LV

DESTINS D'UNE CAUSE CÉLÈBRE

Une demi-heure s'était écoulée.

Il n'y avait plus dans la chambre que la famille de Sampierre et les braves seigneurs du conseil qui, probablement, ne s'étaient jamais trouvés à semblable fête.

Domenica, Édouard et Charlotte formaient un groupe à part. La bonne marquise, entre ses deux enfants, était tout entière à la joie.

Grâce à la condition presque enfantine de sa nature intellectuelle, les terribles impressions de cette nuit allaient déjà s'effaçant. Elle ne se souvenait plus des innombrables déceptions qui avaient égaré sa route, elle triomphait naïvement, non pas seulement de son bonheur, mais encore, mais surtout de sa sagesse.

Elle disait parmi ses sourires baignés de bonnes larmes et en partageant ses baisers :

— Mon fils ! Charlotte mes enfants ! On m'accusait de folie parce que je te cherchais, mon Domenico : S'est-on assez moqué de moi ! mais je n'ai pas faibli. Et malgré la trahison de ceux que je payais, te voilà retrouvé, mon pauvre ange ! Il y a un pouvoir surnaturel dans l'amour des mères !

Elle tenait dans ses mains les mains jointes des deux jeunes gens. Tout le reste disparaissait pour elle. Elle s'étonnait presque de trouver au fond de son cœur un poids confus qui était le souvenir déjà lointain de l'heure précédente.

Il n'en était pas de même dans le groupe respectable formé par les membres du conseil. Le marquis Giammaria avait raconté à sa manière la tragédie du pavillon. Cette nuit avait une effroyable odeur de sang, et tous ces bruits de fête que salons et jardins persistaient à envoyer, grinçaient désormais d'une façon lugubre.

On ne songeait plus guère à régler l'état-civil du dernier Sampierre.

Seul, M. le marquis était à la question. Grave, discret, sûr de lui-même, il disait à ces gens effarés qui ne l'écoutaient pas :

— Je suis peintre comme je suis légiste et profondément versé dans la science médicale. Je vous montrerai un portrait des plus curieux qui est mon œuvre ; Il représente le cher jeune homme que vous allez déclarer, selon toute apparence, comte de Sampierre et prince Paléologue. J'ai vu ce jeune homme aujourd'hui pour la première fois, entre deux et trois heures de l'après-midi, mais le portrait date de plusieurs années. Ce phénomène vous sera expliqué. N'ayant plus besoin de me cacher derrière une apparente folie, je reprends, bien entendu, l'exercice public de mes facultés. Giambattista me manquera, malgré ses torts : je n'ai jamais eu pleine confiance en lui, parce qu'il était de Sicile, comme moi. Quant à l'autre jeune homme, celui qu'on vient d'arrêter, il avait l'œil mauvais : j'ai cru qu'il venait aussi de chez nous. Et sa cicatrice était très bien faite : plus vraisemblable que l'autre, même, au point de vue traumatique. Mais je vous prie de considérer l'état nerveux où je devais être au moment de l'opération, qui eut lieu il y a vingt ans. J'adorais Mme la marquise, messieurs. La science n'a rien à voir à cela ; c'est un défaut d'exécution : les carotides n'avaient pas été entamées suffisamment, voilà tout.

Il reprit haleine et, souriant à la ronde :

— Excusez-moi, poursuivit-il, je vais causer un instant avec Mme la marquise. Mes sentiments pour elle sont aussi vifs qu'autrefois, et comme elle n'aura plus à me reprocher la mort de son fils, j'espère que nous ferons désormais un heureux ménage.

Au moment où il traversait la chambre, on frappa doucement à la porte du corridor, et M. Morfil entra, sans attendre la réponse, avec son visage rose et rond dans ses cheveux fouettés à la neige.

Il salua, et son geste persuasif rassembla toutes les personnes présentes en un seul groupe.

Il y avait de la tristesse sur ses traits, bien qu'il gardât un petit grain de goguenarderie, bureaucratique et parisienne à un degré qui ne peut se rendre.

— Pardon de vous déranger, dit-il, je ne suis pas un homme du monde. Il y a eu dans les bosquets, là-bas, plus de dégâts encore que je ne l'avais craint. C'est tout uniment épouvantable. Il faut faire quelque chose.

M. Morfil parcourut de l'œil l'assistance et choisit la

marquise pour arrêter sur elle un regard à la fois courtois et plein d'autorité en répétant son dernier mot.

— Quelque chose : c'est nécessaire... absolument !

Puis il continua :

Le jeune scélérat est en sûreté, mais on ne peut improviser des mesures pour tant de victimes. En bas, la fête va toujours. Il y court des bruits, mais on ne sait rien de positif. Il faut occuper la fête et lui donner une fin : vous allez comprendre... *On* désire que la famille descende et présente le nouvel héritier... sans apparat, mais enfin un peu officiellement, ce qui expliquera ou paraîtra expliquer bien des émotions.

Domenica rougit, mais ne protesta pas. Il n'y eut que le marquis à parler.

— Qui vous a donné cet ordre, demanda-t-il.

M. Morfil salua de nouveau.

— Il y a vingt ans, répondit-il, j'ai déjà enterré une cause célèbre qui aurait porté votre nom, monsieur de Sampierre. J'ai eu du mal. Le règne de Louis-Philippe vieillissait. Les causes célèbres sont les maladies des vieux règnes. *On* n'en veut pas. Personne n'a le droit de dire à des gens tels que vous : « Allez-vous-en », c'est clair, mais vous partirez demain, comme vous êtes partis en 1847. Ça tombe sous le sens, hé ?

Domenica passa devant son mari et dit :

— Nous partirons demain.

— Voilà, fit M. Morfil : Paris ne vous porte pas bonheur, et vous ne portez pas bonheur à Paris. Le règne présent a dix-neuf ans, deux ans de plus que celui de Louis-Philippe, et les causes célèbres commencent à lui pousser à la peau. *On* n'espère pas étouffer celle-ci tout à fait, mais *on* la veut le moins célèbre possible.

Il gagna la porte, l'ouvrit et se tint chapeau bas à droite du seuil.

Tout le monde passa, et M. Morfil, descendant le dernier, assista, perdu dans les groupes, à la présentation qui fit grand effet.

L'annonce du départ eut lieu en même temps. Personne ne s'en étonna.

Le lendemain, Paris écoutait d'une oreille des rumeurs sinistres, — de l'autre cette merveilleuse légende du beau jeune aventurier qui venait de gagner à la loterie un gros lot comme le portefeuille de M. de Rothschild.

Imitant la discrétion de M. Morfil, nous dirons qu'*on* avait assez adroitement ressuscité le passé pour couvrir le présent et que Paris, bavardage de bouche et bavardage de plume, radotait en chœur la vieille histoire de la rue Pavée, qui était comme le prologue de la présente aventure. Cela occupait.

Cela aurait-il suffi pour tromper Paris, à cette époque où le *reportage*, tout jeune et déjà glorieux, faisait la révolution d'Espagne et chutait la grande voix de la justice française dans l'instruction de l'affaire Troppmann ?...

Nous répondrons, mais achevons d'abord en deux mots notre drame intime.

Domenico de Sampierre, prince Paléologue, épousa Charlotte d'Aleix en Hongrie, à la fin de cette année 1867.

Le marquis Giammaria mourut un peu après la guerre de France.

Domenica, grand'mère, dispute aujourd'hui à dame Savta les baisers de ses petits-enfants.

Personne n'a jamais dit à Charlotte, princesse Paléologue et marquise Sampierre, le lien qui l'unissait à cette créature monstrueuse, mais si belle, Mme la baronne Laure de Vaudré.

Quand elle prie pour sa mère, princesse Carlotta regarde en haut, cherchant une sainte au ciel...

Et maintenant que tout est dit, voici pourquoi la catastrophe de l'hôtel de Sampierre n'a pas fait une cause célèbre : la plus célèbre peut-être de toutes les causes célèbres qui ont effrayé ces dernières années.

Non, on n'aurait pas pu tromper Paris qui entrait sourdement en fièvre, rien n'aurait dépisté le flair proverbial de nos rapporteurs, si le hasard n'était venu au secours de M. Morfil et de ON, son supérieur.

Ils avaient bien fait tout le possible, séparant le crime en trois tronçons distincts, isolant l'incendie de Ville-d'Avray du meurtre de la rue des Canettes, et ce dernier assassinat du massacre de la grotte.

Ce massacre lui-même avait été dissimulé en partie, et le départ de la domesticité de Sampierre enlevait au concert des rumeurs ses instruments les plus sonores. Mais restait le crime et surtout le criminel.

Nous ne sommes plus au temps où ON faisait disparaître les gens par crainte du scandale, et la suppression de M. de Praslin, vraie ou fausse, est le dernier trait qui soit cité en ce genre par la chronique judiciaire.

M. Morfil était au bout de son latin.

C'est le bon moment pour le *Deus ex machina*.

Le Dieu du dénouement fut ici un gentleman d'une quarantaine d'années, parfaitement convenable et bien couvert qu'on introduisit un soir à la préfecture de police dans le cabinet du chef, après qu'il eut fait passer sa carte.

La carte du gentleman était ainsi figurée :

« Dr. Jos. Sharp, m. p. divis. Insp. »

Traduction : Docteur Jos. Sharp, inspecteur divisionnaire de la police métropolitaine.

Dans tous les états, on se respecte entre virtuoses. Jos. Sharp jouissait à Londres d'une bonne réputation comme « détective. » Ces messieurs de Paris le onnaissaient très bien de nom.

M. Morfil le fit asseoir. C'était un anglais maigre à la physionomie presque ascétique, caractérisée par deux superbes côtelettes de favoris blonds, peignés en éventail.

— Je suis très content, dit-il, de l'occasion qui me met en présence d'un praticien de votre mérite, monsieur Morfil.

— Et moi, enchanté, répondit celui-ci, du bon hasard qui me permet de serrer la main à un confrère aussi distingué.

Jos. Sharp tira de son portefeuille un beau papier de chancellerie et reprit :

— Je viens réclamer un sujet anglais, condamné à mort par la cour du banc de la reine et réfugié en France.

— Nous chercherons... voulut dire M. Morfil.

— J'ai trouvé, fit Jos. Sharp.

Et il ajouta avec le bon gros rire de la joyeuse Angleterre :

— C'est une épine longue comme le maître-mât du *Great Eastern*, confrère, que je vous extirpe du pied !

— Est-ce que ce serait ?... s'écria Morfil.

— Tout à fait ! interrompit Jos. Sharp. C'est lui-même.

Et dépliant son papier diplomatique, il en mâchonna le préambule pour lire ensuite tout haut :

— ... Avoir à remettre au délégué du service métropolitain de Londres, le nommé Yanuz, né à Paris, 1847, de parents Roumains, naturalisé Anglais, 1861, sous le nom de Smith, religion grecque, converti à la Foi : troisième degré de purification consolidée Nicholas-Daws, Ave Maria Corner, 1865, maître serrurier (de luxe), voleur après études, sous les noms de « Little Tichborne » et « Cruel-pour-les-Dames », condamné à la déportation, 1865, évadé, condamné à mort, 1865, évadé, passé en France, dit Donat, dit Torticolis, dit Mylord, entré dans l'association des Cinq comme serrurier, sous le nº 4, dit Domenico de Sampierre, devient nº 1... »

— Mais c'est d'hier, cela ! fit observer M. Morfil, écrasé par l'admiration.

— Non, d'avant-hier, répartit Jos. Sharp. Feu la baronne de Vaudré, qui portait le nº 5, avait une femme de chambre appartenant, comme le jeune Donat et moi, à la purification consolidée du troisième degré... Permettez que j'achève : « *Note particu-*

lière : Ledit Donat a tué son père vers l'âge de quatorze ans. Signes à reconnaître : Tête penchée à droite et portant au coup une cicatrice valant plusieurs millions sterling. »

— Ah ça, ah ça ! balbutia M. Morfil, vous êtes donc des sorciers, vous autres, en Angleterre ? Ma parole ! vous en savez plus long que nous sur ce coquin-là !

— Je m'intéressais à lui, répondit Joseph Sharp avec une fierté modeste. Je suis docteur : c'est mon élève.

— Vous dites ?...

— Je dis : c'est mon élève... et comme il ignorait que des revers de fortune m'avaient forcé d'accepter une position dans la magistrature *militante*, il continuait de m'écrire toutes ses petites affaires pour avoir mes conseils gratuits.

M. Morfil comprit cela.

ON s'était arrangé de manière à ce que les actes d'extradition fussent en règle. Mylord fut rendu à nos bons voisins. Et pendu.

Beaucoup d'historiens éminents admettent cette version.

D'autres prétendent qu'il a travaillé en France après la guerre, et que, finalement, il s'est fait homme politique quelque part.

FIN

TABLE DES MATIÈRES

TOME PREMIER

PROLOGUE

La Princesse-Marquise

TOME SECOND

PREMIÈRE PARTIE

Laura-Maria

TOME TROISIÈME

TOME QUATRIÈME

DEUXIÈME PARTIE

Princesse Charlotte

TOME CINQUIÈME

TOME SIXIÈME

TOME SEPTIÈME

Grande Imprimerie de Troyes, 128, rue Thiers

www.ingramcontent.com/pod-product-compliance
Lightning Source LLC
LaVergne TN
LVHW020324230826
846091LV00003B/764

* 9 7 8 2 3 2 9 0 0 6 0 4 8 *